Ingrid Bachér Ulrich Erben

TEXTE UND BILDER

ALLEIN UND ZU ZWEIT

Hrsg. Karl Heinz Bonny

Dyptichon: **California**, 2022
Acryl auf Leinwand
jeweils 130 × 120 cm

Inhalt

8 **Wir Unangepassten**
Ein Gruß von Jakob Hessing

11 **Es trifft uns der Tod**
Notizen zum Krieg in der Ukraine
Von Ingrid Bachér

18 **Die Festlegung des Unbegrenzten**
*Ulrich Erben im Interview
mit Jens Prüss*

24 **„Das Verlangen, etwas zu erfassen, was sich immer wieder entzieht"**
*Ingrid Bachér im Interview
mit Jens Prüss*

31 **Latinische Landschaften**
Von Ingrid Bachér

34 **Ordnungen des Sichtbaren**
Von Heinz Liesbrock

39 **Balance der flüchtigen Wahrnehmungen**
Zwölf Bilder von Ulrich Erben
Von Erich Franz

62 **An Orten sein, sich ihrer vergegenwärtigen**
Der Genius loci – und Düsseldorf – im Werk von Ulrich Erben
Von Thomas Hirsch

69 **„So vieles geschieht gleichzeitig …"**
Magischer Realismus in Ingrid Bachérs Frühwerk
Von Enno Stahl

74 **Das Schweigen der Nachkriegsjahre**
Gedanken zu Ingrid Bachérs Roman „Robert oder Das Ausweichen in Falschmeldungen"
Von Lothar Schröder

77 **Liebe, die Vernunft besiegt**
Ingrid Bachérs Roman „Das Paar"
Von Jörg Sundermeier

80 **Vater, Sohn und Deutsches Reich**
Ingrid Bachérs zweimal erschienener Roman über Theodor Storm und seinen Sohn Hans Woldsen
Von Olaf Cless

83 „Erinnerung an eine hemmungslose Zeit"
Aktivistische Literatur:
Ingrid Bachérs Roman „Die Grube"
Von Enno Stahl

88 „Wir sind gefordert, Stellung zu beziehen"
Ingrid Bachér, die politische Zeitzeugin
Von Dorothee Krings

92 Mehrstimmiges Denken
Ein Streifzug durch sieben Erzählungen von Ingrid Bachér
Von Olaf Cless

97 Das Leben, welche Chance – eine Möglichkeit, kein Besitz
Ingrid Bachérs Tagebuch einer Annäherung an das Alter
Von Sema Kouschkerian

101 Alchemie des beglückenden Gesprächs
Ein Text für Ingrid Bachér
Von Gaby Hartel

103 Die Zeit, in der die Zeugin hätte aussagen können *und andere Texte von Ingrid Bachér*

117 Alles ist erlaubt
Über fünf Meisterschüler Ulrich Erbens
Von Jens Prüss

126 Ingrid Bachérs Vorlass im Heinrich-Heine-Institut
Von Martin Willems

130 Autorinnen und Autoren

134 Herausgeberwort
Von Karl Heinz Bonny

135 Impressum

Wir Unangepassten

Ein Gruß von Jakob Hessing

Im Dezember 1997 begegneten Ingrid und ich uns zum ersten Mal. Die Heinrich-Heine-Universität, Düsseldorf beging den 200. Geburtstag des Dichters mit einem großen Kongress, ich war aus Jerusalem gekommen und hielt meinen Vortrag. Auf einem Empfang im Rahmen des Kongresses kam Ingrid auf mich zu. Wir begannen zu sprechen.
So fing es an.

Seit unserer ersten Begegnung sind jetzt über 25 Jahre vergangen, und wir sind nicht mehr die Jüngsten. Aber ich glaube sagen zu dürfen: Wir haben uns in diesen Jahren nicht verändert.
Das heißt, äußerlich schon, wie auch nicht? Meine Haare zum Beispiel sind weiß geworden, und auch Ingrid, obwohl sie eine Dame ist, ist dem Alter nie ausgewichen. Im Gegenteil: es hat sie zutiefst interessiert, ist ihr zum literarischen Thema geworden.

Und dennoch haben wir uns nicht verändert. Ingrids Augen sind noch immer die gleichen, und ich meine damit nicht, wie sie wirken, diese schönen Augen in ihrem Gesicht, ich meine, wie sie auf die Welt schauen: wie sie sehen, was vor sich geht.
Es ist Ingrids Blick, der sich nicht verändert hat.

Das, glaube ich, haben wir beide gemeinsam: Die Welt um uns verändert sich, und etwas in uns weigert sich, da mitzumachen. Die Art, wie wir die Welt wahrnehmen, bleibt sich gleich. Unsere Weltanschauung verändert sich nicht, doch nicht im Sinne dieses deutschesten aller Worte, nicht in irgendeiner vorgetäuschten Tiefe, sondern ganz wörtlich, ganz einfach: Unsere Art, wie wir die Welt anschauen, während sie sich ständig verändert, bleibt sich gleich. Warum ist das so?

Weil wir, so glaube ich – wir beide, Ingrid und ich – keine Wahl hatten. Denn Veränderung heißt Anpassung, und hätten wir uns verändern wollen, so hätten wir uns anpassen müssen. Doch wenn wir jemals zu uns finden wollten, dann durften wir das nicht. Durften uns nicht anpassen an die Welten, in die wir hineingeboren wurden.
Mussten die Unangepassten bleiben.

Ingrid ist 1930 zur Welt gekommen, und 1945 – sie war noch keine 15 Jahre alt – war diese Welt schon zerstört. Hätte sie sich also anpassen wollen, so hätte sie sich selbst zerstören müssen.
Bei mir ist es ein bisschen anders – und doch ganz ähnlich.
Ich bin 1944 zur Welt gekommen, als jüdisches Kind im Versteck bei einem polnischen Bauern. Nach dem Krieg flohen meine Eltern in den Westen, ich wuchs in Berlin auf, und hätte ich mich verändert, so wäre ich zum Deutschen mutiert.
Doch wie konnte ich das, nach allem, was geschehen war?

1964, nach meinem Abitur, ging ich nach Israel, und auch hier habe ich mich nicht verändert. Ich kam in ein kleines, wunderbares Land, das sich nichts sehnlicher wünschte als Frieden zu schließen mit seinem Nachbarn.

Seither hat das Land sich verändert, hat die Gebiete des Nachbarn erobert, will sie nicht mehr zurückgeben. Will, so fürchte ich, auch nicht mehr Frieden schließen mit dem Nachbarn.
Wollte ich mich verändern – ich müsste mich anpassen.
Müsste mir einreden können, dass das Land des Nachbarn uns gehört.
Dass es uns von Gott verheißen wurde.
Und ich kann mich nicht anpassen.
Kann meine Weltanschauung nicht ändern.
Kann mir kein X für ein U vormachen lassen.

Auch Ingrid kann das nicht. Als sie unter Hitler heranwuchs, lernte sie ein für alle Mal – Kriege dürfen nicht sein. Nicht in Sarajevo, das sie am Ende des letzten Jahrhunderts bereiste, um von der Zerstörung zu erzählen. Und nicht in unserer schrecklichen Gegenwart, nicht in der Ukraine.
Wer etwas anderes von uns erwartet, dem können wir nicht folgen.

Es gibt Ereignisse im Leben, die prägen sich einem für immer ein.
Passen sich nicht an, verändern sich nicht im Fluss der Zeit. Ein Viertel-jahrhundert ist es jetzt her, dass Ingrid und ich uns zum ersten Mal sahen.

Mir will es scheinen, als wäre das gestern gewesen.

Zeichnung, 1964, Kohle auf Papier, 75 × 100 cm, Ausschnitt

Ingrid Bachér

Es trifft uns der Tod

Notizen zum Krieg in der Ukraine

Der brasilianische Fotograf Sebastião Salgado, der jahrzehntelang die Gewalt der militärischen Kriege und die der massenhaften Ausbeutung von Menschen gesehen und dokumentiert hat, fragte sich am Ende dieser Arbeiten verzweifelt: „Könnte es sein, das tief im Inneren unsere natürliche Neigung nicht einander zu lieben war, sondern einander zu töten?" Wenn es so ist, wie Salgado es erfahren hat und zögernd vor der Schwere der Erkenntnis als Frage formulierte, dann wäre es vorgegeben, dass wir uns immer im Krieg miteinander befinden, verdeckt in der Gesellschaft und offen ausgetragen, unversöhnlich vaterländisch.

Es gibt die Urgeschichte von Kain, der seinen Bruder Abel erschlug, weil er sich von Gott nicht genügend beachtet fühlte und überzeugt war, Gott würde seinen Bruder mehr lieben als ihn. Wir sind die legitimen Nachfahren von Kain. Doch auch Abel lebt in uns weiter, redet vom Frieden und stirbt immer wieder.

1775 begann Matthias Claudius seine Klage über den Krieg: „'s ist Krieg! 's ist Krieg! O Gottes Engel wehre, / Und rede Du darein!"

Hörte der Engel nicht, hat er je gehört, wenn geklagt wurde oder begriffen wir nicht, dass er redete? Hörten wir nur unser eigenes Reden und das der Anderen, die den Krieg vorantreiben und ihn begleiten mit Geschwätz, hörbar, aber nicht verantwortlich? Doch alles wird übertönt von den Schreien der Verletzten, der Getöteten und Hinterbliebenen in diesem Krieg und in den Kriegen, die gleichzeitig jetzt in vielen anderen Regionen ausgetragen werden. Und immer bedürfen wir des Engels, den wir anflehen, er möge uns helfen, ein Ende des Grauens und des Schlachtens zu finden. Er möge uns helfen, unsere Natur zu zügeln, die offensichtlich verlangt nach Schmerz, Verwundung des Anderen, nach Tötung und Aneignung dessen, was er besitzt.

„'s ist leider Krieg – und ich begehre / Nicht schuld daran zu sein!"

So geht das Gedicht weiter, und ich sehe die Bilder des Krieges. Sehe die Zerstörung der Häuser, höre die Sirenen anschwellend aufheulen, den Fliegeralarm. Wie ausgestorben wirkt alles schon vor der Vernichtung. Es ist noch Winterzeit, die Kälte lässt alles grauweiß erstarren. Es sind Bilder aus verschiedenen Städten. Sie gleichen sich und sind doch immer einmalig und treffen uns jeweils anders, je nachdem mit welcher Aufmerksamkeit wir sie wahrnehmen. Viele brennen sich mir ein, als wären es Bilder, die ich lange schon kenne aus dem Krieg, den ich als Kind erlebte, und doch sind sie eigen nur in diesem Krieg in der Ukraine erlebt.

Ich sehe vier Menschen, in welchem Ort, vielleicht Donezk oder Charkiw? Wie heißt der Platz, wie die Straße, zu der sie eilen? Ich erfahre es nicht, ich habe zu spät den „Brennpunkt Ukraine" eingeschaltet. Ich sehe aber vier Menschen, die über einen weiten leeren Platz laufen und mein Blick läuft mit ihnen. Ihre Bewegung ist die einzige in dieser Erstarrung ihrer Welt. Gewehrschüsse sind zu hören. Vor meinen Augen – und für immer wiederholbar in diesen so schnellen Bildsequenzen – sehe ich die vier Menschen laufen. Es ist ein Paar, eine Frau und ein Mann, mit ihnen zwei Kinder. Das größere könnte ein Junge sein und das kleinere ein Mädchen. Es läuft, um die schützende Häuserreihe der Straße zu erreichen. Schüsse sind zu hören, mehrmals. Das Mädchen hat den Beginn der Straße und der Häuserreihe fast erreicht. Der Junge kommt nicht mit und die Frau wendet sich ihm zu. Nun verstummen die Schüsse und sie hätten weiterlaufen können. Aber da war die Frau schon niedergesunken, nur noch ein dunkler Körper, ausgestreckt als wolle er etwas erfassen. Es lagen jetzt auch der Kleine und der Mann ruhig an ihrer Seite, ja, auch das Mädchen entfernt von ihnen. Und abgeblendet wurde.

Wäre es unser Haus gewesen am Anfang der Häuserreihe, wohin sie vielleicht eilten, hätten sie uns erreicht, wir hätten die Tür weit aufgemacht. Wir hätten sie zu uns genommen und miteinander geredet. Was hätten wir geredet?
Doch wozu noch Worte? Es trifft uns der Tod der Anderen. Es ist der Vorbote unseres eigenen Todes.

Heute, am 10. Tag der Belagerung von Mariupol, sagte der Vize-Bürgermeister in einem Interview, das weltweit zu hören war: „Hätte ich hier vor fünf Tagen geredet oder auch noch vor sieben Tagen, hätte ich gesagt: die Bewohner von Mariupol wünschen, dass dieser Krieg bald zu Ende geht mit einem anständigen Frieden. Jetzt aber, am zehnten Tag, wünschen die Menschen hier nichts mehr, als nur irgendetwas zu essen. Sie hungern und frieren, sie sind eingeschlossen und können nicht flüchten und sie können sich nicht wehren. Sie suchen Schutz vor den Granaten, vor den Bombardierungen Tag und Nacht. Sie verbergen sich in den Kellern, in den U-Bahnschächten, sie vegetieren. Es ist unter null Grad, sie essen den Schnee, um den Durst zu löschen, und Kämpfe gibt es um das Wenige, was noch essbar ist. Immer gibt es Verbindungen, um mit der Außenwelt zu kommunizieren, aber das nützt nichts. Die Hilfsgüter, die angekündigt werden, kommen nicht an. Die Busse, die Menschen herausbringen sollen aus dieser sterbenden Stadt, kommen nicht an. Die Zufahrtswege, die oft versprochenen, stehen unter Beschuss. Was steht bevor? Werden wir eingeschlossen bleiben und langsam ausgehungert werden, wie die Bewohner in Leningrad während des zweiten Weltkrieges ausgehungert wurden? Oder wird unsere Stadt ausgelöscht vom Erdkreis verschwinden, flächendeckend bombardiert werden, so wie Grosny in Tschetschenien und Aleppo in Syrien oder Guernica im Baskenland ausgelöscht wurden?"

Was hilft es, wenn sie so zerstört im Gedächtnis bleiben?

Nie war eine Untat, ein unfassbares Geschehen im Krieg, entsetzlich genug, nie ein Drama, sei es der Zerstörung, der massenhaften Vertreibung und Tötung, gewaltig genug, so einmalig grauenhaft es auch gewesen war, um ein so nachhaltiges Erschrecken auszulösen, das uns befähigte den Krieg zu vermeiden. Nicht mal Hiroshima erlitt dafür genügend Leid.

Eben höre ich, in Czernowitz wird gekämpft. Es ist die Stadt aus der Paul Celan kam, der die *Todesfuge* schrieb. Ich erinnere mich: „Der Tod ist ein Meister aus Deutschland ..." Und ich höre, dass in Babyn Jar durch eine Granate das Denkmal beschädigt wurde, das errichtet wurde zur Erinnerung an den Tod von mehr als 33.000 Menschen, die dort durch Deutsche ermordet wurden, in weniger als 48 Stunden alle einzeln erschossen. Ich will es nicht hören, ich will es nicht schreiben.

Ein Krieg muss zum Frieden führen. Nun gab es zum ersten Mal ein Gespräch zwischen ukrainischen und russischen Vertretern der Regierungen. Sie trafen sich, ohne dass eine Seite der anderen einen Kompromiss anbot. So kann es nicht zum Frieden kommen. Der Krieg wird weitergehen, bis er gesättigt ist und nichts mehr vorfindet, was ihm wert wäre, noch zu zerstören. Eingeschlossen in Feuersbrunst und bombardiert werden wir sein, zerstört mit allem, was um uns war, den Häusern in denen wir lebten, den Straßen, auf denen wir gingen. Die Ruinen werden uns keinen Schutz bieten und wer einen anderen Menschen trifft, wird kein Wort mehr sagen.

Es ist kalt in Kiew, verödet die Stadt. Viele Menschen sind geflüchtet. Wir sahen tagelang die stockenden Kolonnen der Autos, die sich aus der Stadt bewegten. Die Menschen, die hierbleiben, bereiten sich auf die Belagerung der Stadt vor, auf die Kämpfe um die Stadt. Es ist ein angespannter Wartezustand und alles Tägliche muss getan werden, trotz der Sirenen, deren Ton warnt: Gleich könnte der Tod Euch treffen.

Doch da plötzlich, in der Kälte des Tages und in der Stille der Erwartung eines Angriffs, gibt es Musik, unüberhörbar Musik, die vielen Menschen vertraut ist. Auf dem Maidan, Platz der Unabhängigkeit, spielt das Nationale Symphonie-Orchester von Kiew die *Ode an die Freude* aus der 9. Symphonie von Beethoven! Sie stehen da in ihren Mänteln, Mützen auf dem Kopf, ganz unspektakulär. Sie stehen in einer langen Reihe vor dem Dirigenten und spielen, und hinter ihnen versammeln sich einige Menschen und hören zu. Und ich höre zu vor dem Fernseher in meiner warmen Stube und heule.

Viele Menschen flüchten nach Polen. Es sollen schon mehr als eine Million sein, und es werden täglich mehr, seitdem auch der Westen der Ukraine Kriegsgebiet wird. Ich sehe Bilder aus Polen. Knapp hinter der Grenze halten Busse und laden Menschen aus, die aus der Ukraine kommen. Ein junger Mann hat eine alte Frau bis hierhin begleitet. Jetzt bleiben sie stehen. Sie stellt ihre zwei großen Taschen ab, in denen sie das Nötigste noch bei sich hat, um ihn zu umarmen. Sie umarmt ihn lange, sieht ihn dann an und versucht zu lächeln, denn nun muss er gehen. Er muss wieder in den Bus steigen, mit dem sie beide gerade ankamen. Der Bus wird ihn zurückbringen in den Krieg. Er darf nicht bei ihr bleiben, denn allen Männern zwischen 18 und 60 Jahren ist es verboten, zu flüchten. Sie werden gebraucht zur Verteidigung ihres Landes. Ganz kurz bevor er die zwei Stufen betritt, die in den Bus führen, dreht er sich noch einmal um und sieht die alte Frau an. Wir sehen sie nur von rückwärts, ihre gedrungene Gestalt, den schweren dunklen Mantel, die Kapuze, die den Kopf verbirgt. Und wir sehen sein Gesicht, so wie sie es nun sieht, vielleicht zum letzten Mal. Es ist ein unverletztes schönes Gesicht. Er ist einverstanden mit der Trennung, weil es sein muss. Es gibt etwas Größeres als unser Leben. Dann ist auch dieser Moment vorbei. Wir sehen, wie er einsteigt, seine Gestalt, etwas nach vorne geneigt – und schon wechselt das Bild zu einer anderen Szene.

Ich versuche, die Frau nochmal zu entdecken zwischen all den Menschen, die sich in der Nähe der Busse drängen, mit denen sie weiterfahren sollen. Sie müssen sich entscheiden, wohin es gehen soll. Einige haben Adressen dabei, haben Freunde, Verwandte, von denen sie erwartet werden. Andere sind unsicher, wohin sie sich wenden sollen. Fremd sind ihnen die Namen der Orte, wohin die Busse sie fahren können. Ich meine, zwischen all den Menschen die Frau zu entdecken, die sich eben von dem Jungen verabschiedet hat. Aber nein, sie ist es nicht. Die Frau sieht nur so ähnlich aus, von der ich nun einen Satz höre, den sie zu einem Reporter sagt. Sie sagt ihn flüsternd leise, so als müsste sie sich entschuldigen für die Einfachheit ihres Satzes, dessen sie sich in diesem Moment zum ersten Mal bewusst wird: „Wir wollen doch nur ganz normal leben wie zuvor."

In einem Zug, der zur Abfahrt bereit steht, legt sich die Handfläche eines sehr kleinen Kindes mit gespreizten Fingern gegen die Fensterscheibe. Auf der anderen Seite, vom Bahnhof aus, legt sich die große Handfläche eines Mannes mit gespreizten Fingern auf die kleine Hand hinter dem Glas. Es ist gewiss, wir verlassen uns nicht. Wir bleiben beieinander, was auch immer geschieht. Dann fährt der Zug aus dem Bahnhof.

Sperrstunde in Kiew. Die verdunkelte Stadt, der verdunkelte Bahnhof, Menschen drängen in den Zug, lassen das Gepäck auf dem Bahnsteig zurück, nur um noch mit hineinzukommen. Dunkel ist alles umfangen als berge die Bewegung der Menschen ein Geheimnis, etwas Verbotenes, was nicht beleuchtet werden darf – und doch ist es nur ein Schutz und verstärkt die Angst der Kinder. „Es spricht nicht mehr, das eine Kind, es spricht nicht mehr", flüstert eine Frau und hält ein kleines Kind zur Kamera hin. Es sieht uns nicht, die wir es betrachten, es nimmt vielleicht gerade nur das Gesicht der Mutter wahr und die Rufe und Schreie, das Geräusch des abfahrenden Zuges und die Angst, die lautlose Angst hört es vielleicht am deutlichsten.

Heute, 2. 4. Busse kommen aus dem Dunkeln, ihre Scheinwerfer leuchten neblig voraus. 3.500 Menschen sollen aus Mariupol entkommen und gerettet sein. 3.500 von 100.000 Tausend, die zuletzt noch in der vollkommen zerstörten Stadt hausen, währen die ukrainischen Truppen in der Stadt kämpfen, die von den Russen eingekesselt, aber noch nicht besetzt ist. Mariupol, eine Stadt, in der gekämpft werden soll, bis keiner mehr Atem hat, um zu schreien.
In den Straßen liegen die Toten. Wer tot ist, hat den Krieg verlassen, ruht auf der Erde, dem Asphalt, wird noch getroffen von den Granatsplittern der nahen Einschläge. Sie bleiben dort liegen.

Wer könnte sie retten. Wer rettet die Menschen, die noch Atem haben, die sich seit Wochen in den Kellern verbarrikadieren, die jeden Unterschlupf suchen und nur herausgehen, um sich anzustellen dort auf der Straße, wo vielleicht noch etwas Essbares verteilt wird.
Wäre es nicht Zeit, dass weiße Tücher rausgehängt werden?
Doch die gibt es in Mariupol nicht. Keine Gnade für niemanden.

Am Anfang waren die Worte Selenskyjs, die das Schicksal vieler Einwohner besiegelten: „Wir Ukrainer sind ein mutiges Volk. Wir ergeben uns nicht." Die heldenhaften Worte begeistern auch uns, zeugen sie doch vom Opfer für etwas Größeres und erheben uns so, wenn wir daran teilnehmen, selbst aus der Ferne. Sollen sie doch sterben, die Städte, im Kampf und im Widerstand, mit ihren Bewohnern, die bleiben wollen, nicht mehr herauskommen aus der Umklammerung. Gewiss ist, sie dürfen keine Kompromisse eingehen, werden Mut beweisen. Worte sind schöpferisch, sie lassen Realität entstehen.

In der Trümmerlandschaft zerstörter Gebäude, verbrannter Alleen öffnet sich ein Platz. Auf einem Sockel eine Gestalt, vielleicht ein Staatsmann, ein Dichter ... ich werde es nicht erfahren. Ungewöhnlich erscheint sie, weil der Platz, um dieses Denkmal herum, von allem Lebendigen verlassen wurde. Allein noch vorhanden ist die unbeschädigte hohe Figur, umrandet zum Schutz mit einem niedrigen eisernen Gitter. Die Figur, ein Relikt, eine Nachricht aus einer Zeit, als man auf dem Platz spazieren ging. Jetzt ist um sie herum nichts anderes mehr vorhanden als weitflächige Ruinenfelder und Wohntürme, die ausgebrannt die Zerstörung aller Lebensmöglichkeiten zeigen, steinerne Überreste von lang Gelebtem und schnell Vernichtetem. Ich möchte das Bild näher heranzoomen, aber es bleibt bei der Einstellung aus der Ferne. Das zerstörte Gebiet ohne Leben und mit dem aus dieser Perspektive kleinen Denkmal, das erzählt, von einem Menschen, der sich unbeschädigt als Skulptur in dem verlassenen Ort behauptet. Die Anwesenheit des Todes zeigt in Abwesenheit das Wunder des gelebten Seins.

Am Tag habe ich kaum Zeit nachzudenken über den Krieg und doch bleibt er wie eine Drohung im Hintergrund vieler Gespräche. Die Drohung der Vertreibung, der Gewalt des Todes, der wir seit Adam und Eva verfallen sind. Abends dann wieder die Bilder und einige Originaltöne mitten in den Falschmeldungen. Und Immer wieder der Hinweis, es gibt keine Möglichkeit, die Wahrheit der Meldungen zu überprüfen, einerlei von welcher Seite der Kämpfenden sie gekommen sind.

Wahr sind die Bilder der Toten auf der Straße, die Leichen in den schwarzen Plastiksäcken, die nun von drei Männern aufgehoben und in einen Lieferwagen gepackt werden, eine verderbliche Ware wie eine andere.

Zwei neu in Uniformen eingekleidete Männer fahren vorbei, sind auf dem Wege zur Front. Sie sind zurückgekehrt aus dem Ausland, wo sie lange gelebt haben, um in ihrer Heimat zu kämpfen, obwohl mit der Waffe zu kämpfen nie ihr Beruf war. Die Mobilmachung funktioniert. Jeder, der ein Gewehr halten kann und einen ukrainischen Pass hat, kann ein Gewehr bekommen, wird offiziell verkündet. Jeder soll in der Lage sein, sich und die Seinen zu verteidigen. Ich sehe junge Frauen, die in der Turnhalle einer Schule ausgebildet werden. Da ist Juliana, Kosmetikerin, sie wird schießen, wenn es sein muss, sagt sie. Sie wird sich und ihre Familie verteidigen, es geht um die Freiheit ihres Landes, um die Ukraine, ums Überleben. Ein Volk in Waffen.

Noch funktioniert die Elektrizität in Kiew, aber die Wasserversorgung ist gefährdet. Eine wichtige Leitung ist gezielt zerstört worden. Zur Rettung von Zivilisten, aus umkämpften ukrainischen Städten, sind nach Angaben aus Kiew 14 Fluchtkorridore geplant und erneut wird ein Konvoi mit mehreren Tonnen Hilfsgütern versuchen, die belagerte Hafenstadt Mariupol zu erreichen, sagte die ukrainische Vizeregierungschefin. Dazu gehören auch leere Busse, die auf dem Rückweg Einwohnerinnen und Einwohner aus der stark zerstörten Stadt nach Saporischschja transportieren können. Der Konvoi soll von Geistlichen begleitet werden.

Eine Straße irgendwo zwischen Kiew und Butscha, nur ein Teil ist befestigt, der breite Streifen daneben erdig verschlampt. Es hat noch geschneit in diesen Tagen, in denen gekämpft wurde. Zwischen flachen Feldern fleckig weiß die Straße, darauf unbeweglich ein Konvoi von Militärfahrzeugen, deformiert von ungeheurer Gewalt.

Zerstörung der Materie im Zeitraffertempo. Ein verendeter Panzer vorne im Bild, ein zweiter schräg zur Fahrbahn ganz fern auf der Straße, auf der nun ein einzelner Mensch auftaucht, ein Überlebender. Auch er in diesem schattenhaften Licht, wie alles hier. Was macht der Mensch dort? Sucht er nach Toten, sucht er nach etwas Brauchbarem, will er nichts als aus diesem Bild aussteigen und sei es, indem er sich wehrt, die Kalaschnikow hebt?

Hubert, ein Freund, hat mich im Thomashof erreicht und gefragt, ob ich über diesen Krieg etwas schreiben kann für seine Zeitung. Wie viele Seiten, wie viele Anschläge? Doch nein, diesmal wird so nicht gezählt.
„Es ist Krieg und ich begehre nicht schuld daran zu sein…" Ich antworte mit den Worten von Matthias Claudius und weiß, wir können uns nicht freisprechen. Seit Anfang März 2022 führe ich Tagebuch über das, was ich höre und sehe von diesem Krieg. Er ist uns so nah und doch so fern, weil wir nur Bilder sehen, Nachrichten hören, Reflexe der Politik , dabei ohnmächtig, mit dem Willen, das Geschehen zu begreifen oder mit einzugreifen. Ich schreibe aus der Ferne, eine Zuschauerin, die nicht anwesend ist, dort wo gekämpft, gelitten und gestorben wird. Anwesend hier vor ihrem Computer, in einem Zimmer im Haus auf dem Lande, wo es nachts wirklich dunkel wird und kein Schuss fällt. Zeugin von übermittelten Szenen, einmalig gelebten, doch als Bild ständig wiederholbar, wenn wir rechtzeitig auf der Zeitlinie zurückgehen. So ständig wiederholbar das einmalige Geschehen. Was macht das mit uns? Was wir ansehen, blickt

zurück. Wir befragen uns, als ob wir gefragt werden. Was macht der Krieg mit uns? Üben wir uns wieder darin, zu hassen? Machen wir uns wieder bereit für das Nationale? Vergessen wir die Warnung von Grillparzer: „Von Humanität / Durch Nationalität / Zur Bestialität"?

In Serbien ist wieder der Präsident an die Macht gekommen, der die Sanktionen gegen Russland ablehnt. In seinem Land bei der Mehrheit, die ihn gewählt hat, wird Putin verehrt, der Krieg als gerechtfertigt angesehen. Ein Journalist zeigt Bilder aus Belgrad, noch stehen da Ruinen aus der Zeit als die Nato Belgrad bombardierte. „Wir sind traumatisiert davon, es sind 30 Jahre her", sagt er, „und es gibt sie noch, die Nazis." Der Nato misstraut er und weist auf ein Denkmal hin, ein Denkmal für die durch die Bombardements der Nato getöteten Kinder. Ich sehe die Relief-Figur auf dem Stein, ein Kind, das erstarrt ist und leben wollte, sich lösen will aus dem Stein. Es wäre jetzt ungefähr so alt wie meine Söhne.

Es war vor einigen Minuten, da erschien in den Nachrichten plötzlich das Gesicht eines Mannes für wenige Augenblicke, gerade nur so lange, wie er einen Satz sagen konnte, und er verschwand schon in dem Augenblick, da ich die Übersetzung des Satzes hörte und noch immer auf den Schirm starrte, wo er eben noch zu sehen gewesen war. War er getroffen worden mitten im Kampfgebiet, so dass er plötzlich verschwand oder war sein Auftritt nur eine Spukerscheinung, nicht wirklich real, weil sie fremdartig auftauchte zwischen all den Bildern von durch Granaten getroffenen Häusern, vom Druck der Explosion aufgerissenen Fassaden, darin geschwärzt die toten Augenhöhlen der Fenster. Ganz nah war nur der Kopf des Mannes sichtbar, der sich für wenige Sekunden zeigte. Die Aufnahme wirkte leicht überbelichtet, dunkler sein Kopf gegen das künstliche Weiß seiner Umgebung. Unbekannt, wo diese Aufnahme gemacht wurde. Er kam mir näher der Kopf, grobkörnig hell nun sein Gesicht, auch schien es vergehend vor dem Hintergrund einer kalkweißen Wand. Atemlos sprach er, als gebe er der Welt eine Botschaft, von der zu sprechen dringend notwendig war. Dabei schien sie auch für ihn neu zu sein, oder vielleicht nur, weil diese Art Nachrichten immer neuartig sind, die Bedrohung des Augenblicks, dieses einen Augenblicks, so lange er noch währt. Es war eine Geisterstimme und doch ganz präzise eindringlich fern, wie seine eigene Gestalt. „Retten Sie sich! Es wird Feuer ausbrechen. Wir werden nicht mehr herauskommen, es gibt keine Chance mehr, retten Sie sich ..."

Ein Teil dieser Aufzeichnungen erschien erstmals in der Aprilausgabe 2022 des Düsseldorfer Straßenmagazins „fiftyfifty".

Ulrich Erben im Interview mit Jens Prüss

Die Festlegung des Unbegrenzten

Über den Niederrhein, Beziehungskitt
und einen italienischen Komiker

Jens Prüss: Du nanntest Alain-Fournier und Joseph Roth als Schriftsteller, die dich in jungen Jahren begleiteten. Was haben sie dir gegeben?

Ulrich Erben: Ich war sechzehn, als das Buch mich traf, „Der große Meaulnes", es schilderte die Landschaft, die mir vertraut war, ähnlich der meiner Kindheit, der niederrheinischen, verwoben mit einer Geschichte, dem Zauber eines Festes, das erscheint – und verschwindet, nicht wiederzufinden ist, und wenn gefunden, die zwanghafte Sehnsucht wiedererweckt, weiterzusuchen nach dem vollkommenem Zauber des möglichen Seins. Es war die Symbiose aus Traum und Wirklichkeit.

Beide, Alain-Fournier wie Roth, hingen ja verlorenen Paradiesen nach. Gibt es so eine Sehnsucht bei dir?

Ich war schon fünfzig, als ich Josef Roth für mich entdeckte. Er wurde zeitweilig mein ständiger Begleiter. Keine Träume mehr, nur Erschütterungen, Verluste. Aber eine gute menschliche Liebe trotz allem und wunderbare Beobachtungen und Hoffnungen, ich denke dabei an „Hiob".

Beide Autoren sind Opfer der Weltkriege geworden. Hatten diese Schicksale Einfluss auf deine politische Haltung?

Nein. Meine politische Haltung ergibt sich durch das eigene Erleben im Nachkriegsdeutschland, wo Trümmer unsere Spielplätze waren. Meine früheste Kindheitserinnerung war 1943/44. Da stand ich auf der Prinz-Georg-Straße in Düsseldorf nach einem Luftangriff. Ich erinnere noch den Mantel, den ich anhatte, sein Fischgrätenmuster. Ich war wohl drei oder vier Jahre alt. Meine Mutter und meine Tante standen neben mir und nah vor uns brannte lichterloh das Marienhospital, in dem ich geboren worden war.

Hat dein Vater, ein Kunstkenner, deine Liebe zur Kunst geweckt? Hat er deine Entscheidung, Maler zu werden, unterstützt?

Es war natürlich das familiäre Umfeld, in dem ich aufwuchs. Es waren die vielen Kunstbücher meines Vaters, seine Leidenschaft und intensive Beschäftigung mit einigen modernen Künstlern, die er besuchte und über die er schrieb. Für mich auch wichtig 1955 die erste Picasso-Ausstellung in Köln, wo ich seine Bilder im Original sah. Da habe ich angefangen bildnerisch zu denken.

Gab es Kunstlehrer, die für deine Entwicklung wichtig waren?

Kunstlehrer eher nicht, obwohl ich am liebsten den Kunstunterricht hatte. In der Kunstakademie später waren die Mitstudenten und ihre Arbeiten wichtig.

Welche Bedeutung hat für dich der Niederrhein?

Ich bin groß geworden in Kempen am Niederrhein, in der mir endlos erscheinenden Landschaft, die ich mir, mit dem Fahrrad unterwegs, im Skizzenblock zeichnend zu eigen machte.

Was klingt bei dir an, wenn die Namen Goch und Thomashof fallen?

Thomashof? Ein Heimatort voller gemeinsamer Erinnerungen, wo unsere Kinder heranwuchsen, wo die Familie geschützt war, wo sich meine Arbeit entwickelte zu dem, was ich jetzt mache, und wohin wir uns gern zurückziehen.

Du hast mal erzählt, in dieser Zeit zum ersten Mal auf den Künstler Beuys gestoßen zu sein.

Es war 1967. Da sah ich in der kleinen Buchhandlung in Goch ein kleines Plakat an der Tür hängen: Erwin Heerich stellt aus in Kranenburg bei Van der Grinten, in einer Stallausstellung, so ungefähr war das beschrieben. Und dann sind wir da hingefahren und haben zum ersten Mal auch Arbeiten von Beuys gesehen. Es klingt vielleicht komisch, aber was Beuys machte, hat mich immer sehr stark bewegt. Er war figürlich in seinen Arbeiten, doch gleichzeitig schuf er etwas Neues.

1984 trat der Bildhauer Ulrich Rückriem eine Professur an der Akademie Düsseldorf an und ließ seine Klasse leerräumen, als der nächste Akademie-Rundgang anstand. Wie hast du damals, du warst ja selber Kunstprofessor, diese Aktion empfunden? Und würde so eine Provokation heute noch Sinn machen?

Vielleicht wollte er seine Studenten schützen, zu seiner Zeit war die Akademie ein Hotspot für Galeristen auf der Suche nach Talenten. In Münster, als ich dort lehrte, noch Zweigstelle der Düsseldorfer Akademie, war das anders, man blieb beim Rundgang mehr unter sich. Heute würde das keinen Eindruck machen, im Internet informieren sich sowieso alle ständig über die neuste Entwicklung von jedem.

Ihr seid seit über fünfzig Jahren ein Paar. Gibt es einen besonderen „Kitt", der eure Beziehung zusammenhält?

Ingrid schreibt, ich male. Gibt es etwas Besseres? Wir diskutieren unsere Themen und haben gemeinsame Vorlieben und ein gemeinsames Ziel. Ich denke, „Die Festlegung des Unbegrenzten", ein Übertitel für meine Arbeiten der letzten Jahre, von Ingrid mir gegeben, macht unser Ziel besonders deutlich.

Welche Eigenschaften schätzt du an Ingrid besonders?

Ingrid hat eine positive Grundeinstellung zum Leben, das ist belebend, vor allem, weil ich selber bedenklicher und skeptischer bin.

Gibt es von euch beiden ein gemeinsames Projekt, das dir besonders am Herzen liegt?

Unser gemeinsames Projekt, das Leben zu erfassen und gestalten.

Joseph Beuys sagte mal: „Werde ein Freund von Freiheit und Unsicherheit." Ist das eine Forderung, die du unterschreiben würdest?

Das unterschreibe ich gern, obwohl das Wort Unsicherheit auch gerade in unserer Zeit so bedrohlich geworden ist.

Was war dein beruflich wohl wichtigstes Ereignis?

In der Entwicklung meiner Arbeit: der Schritt in eine konkret geometrisch orientierte, gegenstandslose Welt, das heißt aber auch, dass die Schönheit und die Dramatik, die sich im realen Raum abspielen, Beweggrund meiner Farben sein können – Farben der Erinnerung.

Strebst du nach dem „ultimativen" Bild?

„Ich suche nicht, ich finde", sagte Picasso, deshalb male ich weiter, und jeder Tag im Atelier ist ein erfüllter Tag.

Was müsste deiner Meinung nach gesellschaftspolitisch unbedingt geändert werden?

Es darf nicht sein, dass wenige zu viel besitzen und so viele immer mehr in Armut fallen.

Hin und wieder verlässt du die Ebene der Abstraktion und machst Agitprop.

Agitprop, das ist wohl zu viel gesagt. Ich mache nur etwas, wenn mir eine zündende Idee einfällt, die ich bildlich darstellen kann, wie damals für Hoyerswerda „Brandgefahr" gegen die Rechtsradikalen oder letztes Jahr zur Unterstützung der Ukraine das ukrainisch-russische Bild.

Mit welchem verstorbenen oder lebenden Menschen wäre es dir eine Herzensangelegenheit, in einen Austausch zu kommen oder ihm auch nur eine Frage zu stellen?

Ich würde gerne mit Toto zusammen sein, dem italienischen Komödianten und Schauspieler (1898-1967), weil er in seinen vielen Rollen mich lange begleitete und mit seiner entwaffnenden Komik für einen Ausgleich im Alltäglichen sorgte, immer Staunen und Lachen unvorhergesehen glückhaft in mein Leben brachte.

„Fokussier Dich auf Dein Schreiben. Für mich war immer das Wichtigste im Atelier zu sein und zu arbeiten. Ich muss nicht die Welt erkunden..."

„... und genau das ist mir notwendig. Ich möchte viele Stimmen wahrnehmen. So vieles geschieht gleichzeitig."

Ingrid Bachér im Interview mit Jens Prüss

„Das Verlangen, etwas zu erfassen, was sich immer wieder entzieht"
Über den Krieg, die Braunkohle und Henry Miller

Jens Prüss: Reden wir über Prägungen. Manche deiner Beschreibungen von Landschaften und Szenen wirken wie von einer Malerin gesehen. Ich finde, du hast eine ganz besondere Affinität zur Bildenden Kunst. Gab es Einflüsse in der Kindheit?

Ingrid Bachér: Vielleicht weil ich früh bemerkte, alles vergeht, doch in der Kunst kann es zeitlos anwesend bleiben. Im Haus meiner Großeltern gehörte ein Raum meiner Tante, die Malerin war. Hatte sie in Friedenszeiten Logenbrüder, Gutsherren, Frauen und Kinder gemalt, so malte sie am Ende des Krieges Porträts von gefallenen Soldaten nach kleinen Fotografien, welche trauernde Verwandten ihr brachten. Oft blieben sie dann bei ihr und erzählten von den Männern: Ja, so hat er gelächelt, so war sein Mund, seine Augen oder: Nein, der Blick war anders – und die Malerin korrigierte das Bild, bis sie den erkannten, den sie geliebt hatten und der ihnen genommen worden war. Bilder wurden zu Erzählungen.

Du nanntest Otto Pankok als den Maler, der dich früh beeindruckte. Kannst du dich noch an die erste Begegnung mit seiner Kunst erinnern?

Es war nicht der Maler Pankok, sondern nur eine einzelne Arbeit von ihm – sie zeigt das schwere Gesicht eines Mannes, der viel arbeitet –, die mir den Anstoß gab zu einer Geschichte: Er haust im Keller eines Hauses, neben dem Raum der Heizung, für die er verantwortlich ist, und neben dem Raum, in dem sich die Pimpfe, die Hitlerjungen, trafen unter dem damals üblichen Hitler-Porträt an der Wand. Ab 1938 wurde das auch der Luftschutzkeller für alle Bewohner des Hauses.

Du sagtest, den Raum kanntest du aus dem Haus deiner Eltern.

Ja, das war in Berlin. Der Ort ist authentisch, das Leben des Mannes dort meine Erfindung, doch so real wie das Porträt von Pankoks Hand. Die Fantasie findet ihre Erdung in der Realität.

Den Krieg erlebtest du in Berlin?

Nein, was Krieg wirklich bedeutet, wie er dichausweglos trifft, erlebte ich in Lübeck. Ich war dort 1942 bei meinen Großeltern, als durch einen großen Luftangriff die gesamte historische Innenstadt zerbombt und verbrannt wurde. Und du irrst umher und begreifst nicht, was geschieht und begreifst endlich, dass alles, was schützend vorhanden war, in wenigen Augenblicken vernichtet werden kann und nichts als Trümmer übrigbleiben.

Wie hat diese Erfahrung auch dein Schreiben geprägt?

So wie mein Leben davon geprägt wurde. Alles, was anwesend ist, kann schnell wieder verschwinden. Häuser, Kirchen, Bücher, Menschen können brennen. Menschen müssen wir retten. Ihnen gilt mein Interesse und Schreiben. Das Entscheidende, was danach bleiben konnte: die persönliche Bindung, Freundschaft, Liebe … und das eigene Suchen nach Erkenntnis von Zusammenhängen, von Ursachen und Wirkungen.

Mit 17 wolltest du zunächst Schauspielerin werden, bekamst auch in Hamburg einen Studienplatz. Doch nutztest du ihn nur kurz, weil du mit 18 den Schauspieler Hans Dieter Schwarze heiratetest.

Dieter war knapp vier Jahre älter als ich und hatte schon die härtesten Phasen des Krieges erlebt, war zum Kämpfen an die Front geschickt worden und in russischer Gefangenschaft gekommen, entlassen nur, weil er noch so jung und schwerkrank war. Es war für uns beide die erste unbedingte Liebe und wir wollten beide dasselbe, suchten im Theater, im Spielen, im Schreiben das Fehlende. Gemeinsam zogen wir von einem Theater zum anderen, von einer Stadt zur anderen. Es waren unsere unruhigen guten Lehr- und Wanderjahre. Nach sechs Jahren kam unsere Tochter dazu, nach zehn Jahren trennten wir uns. Das war Ende der fünfziger Jahre, als wir erfolgreich wurden und der Krieg nur noch selten erwähnt wurde.

Du schreibst an einem Kriegstagebuch. Ich habe den Anfang deiner Aufzeichnungen im Straßenmagazin „fiftyfifty" gelesen. Du klangst aufgewühlt und verzweifelt.

Es ist schwer, ruhig zu bleiben angesichts dieses Krieges, der voriges Jahr so heftig einbrach in unsere nachlässige Gegenwart, die förmlich auf eine Erschütterung zu warten schien.

Wie siehst du deine Aufgabe in diesem Konflikt?

Zeugenschaft geben und mich für Diplomatie einsetzen, die nicht vom totalen Sieg redet, sondern weiß, dass nur Kompromisse zum Frieden führen können. Krieg ist per se Menschheitsverbrechen. Es ist der Fluch, der uns aus dem Paradies begleitete: schlag den Bruder tot! Wir alle tragen das Kainsmal und fühlen Abels Sehnsucht nach Frieden.

Wer angegriffen wird, muss sich wehren, und wenn jemand angegriffen wird, wirst du ihm helfen, sich zu wehren.

Natürlich, was sonst. Da reden wir vom einzelnen Menschen im Verhältnis zu einem anderen. Doch um eine Gemeinschaft zu erhalten, ist es Pflicht der Regierenden, dem Verlangen der Menschen nach Dominanz entgegenzuwirken und im kleineren Verbund, wie auch innerhalb von Staatengemeinschaften, Interessen auszugleichen und Frieden zu stiften. Es liegt in ihrer Verantwortung und in unserer, sie zu unterstützen, auch wenn es nicht populär ist.

Dein Roman „Die Grube" wird im nächsten Jahr als Theaterstück aufgeführt. Durch die Debatte um die CO^2-Werte ist das Thema Braunkohletagebau wieder hochaktuell. Du hast das massive Abbaggern mal als „Krieg in Friedenszeiten" bezeichnet.

Weil das auch eine Art der Gewaltausübung ist, den die Menschen ohnmächtig erleiden müssen. Jahrzehntelang Heimatkriege, in denen Menschen vertrieben, ihres Landes und der Zeichen ihrer Geschichte beraubt werden ohne Möglichkeit, irgendetwas davon je wieder zu finden. Es ist ein unblutiger „legaler" Krieg immensen Ausmaßes.

Du warst sowohl Mitglied der Gruppe 47 als auch des deutschen West-PEN und bist Gründungsmitglied des neuen PEN Berlin. Was verband dich mit den Kollegen und Kolleginnen?

Die Gruppe 47 – das war Jugend, Aufbruch Sie brachte mich zusammen mit Menschen, die aus dem Krieg gekommen waren und die sich entschieden gegen faschistische Ideen und deren Sprache wandten. Den West-PEN verließ ich 1996 gemeinsam mit vielen Freunden, als es um die Art der Vereinigung mit dem Ost-PEN ging.

Denis Yücel nannte den vereinigten PEN eine „Bratwurstbude" und gründete letztes Jahr mit Gleichgesinnten den PEN Berlin. Was erhoffst du dir von dem neuen Verband?

Ich erhoffte einen anderen Ton, eine andere Haltung zueinander. Doch was geschieht, ist viel erstaunlicher. Dieser PEN initiiert und fördert in scheinbar atemloser Geschwindigkeit, in vielen Veranstaltungen zu aktuellen Themen, lebhaft das gemeinsame, auch vielsprachige Gespräch unter Autoren und mit der Gesellschaft. Es geht dabei nicht um angestrebte Übereinstimmung, sondern um Auseinandersetzung und Erkenntnis, um Aufklärung und Solidarität. Solidarität – möglich auch mit denen, deren Haltung wir nicht teilen? Dieses offene Fragen gehört zur Literatur und zum Erkennungszeichen dieses neuen Clubs.

Durch das Stipendium der Villa Massimo kamst du 1960 nach Rom, deine Tochter unterm Arm, und bist einige Jahre dortgeblieben.

Die römischen Jahre waren entscheidend für mein Leben, sie öffneten mir Geist und Sinne und ich erkannte, nicht alles löst sich auf, wie der Krieg es mich lehrte. Es bleiben die überbauten Ruinen, es bleiben die menschlichen Komödien und Tragödien, die weiterwuchernden Erzählungen vom Sein und der Glaubenssuche. Zerstörung ist nur eine Phase im Wandel der Zeiten. Was gewesen ist, bleibt anwesend und wirkt in uns weiter und in den Kommenden.

In Rom hast du auch Ulrich Erben kennengelernt. Durch seinen Vater, sagtest du mal, der auch Schriftsteller war und ein Interview mit dir machte.

Ja, das war sensationell. Zuerst verliebte ich mich in Ulrichs Bilder. Sie haben ein eigenes Leben, einen eigenen Atem. Darum wollte ich ihn kennenlernen und so haben wir uns getroffen.

Welche Eigenschaften schätzt du an Ulrich besonders?

Was ich liebe? Die Art, wie er arbeitet, seine Ausschließlichkeit dabei, sein Lachen und ... und ...

Ihr habt gemeinsam zwei Söhne. Wie fügte sich das Familiäre in euer Leben ein?

Ich habe erfahren, Beziehungen weiten sich und bleiben doch singulär. Jeder ist allein und zu zweit , auch zu dritt , zu viert und zu fünft. Ich schätze Familie, sie ist die Urform des Zusammenlebens, Herausforderung und Schutz. Manchmal ist sie anstrengend, aber immer grandios an den Möglichkeiten, Erfahrungen, Erkenntnisse und Liebe zu gewinnen, tätige Liebe, die nicht rechnet, sondern weitergegeben wird.

Seit über fünfzig Jahren seid ihr ein Paar. Wie ist das möglich?

Nicht unmöglich, weil wir uns immer wieder bewusst füreinander entschieden haben. Oft reagieren wir, als seien wir verwandt – und zugleich gibt es die Faszination des Fremden im anderen, das bleibt.

Joseph Beuys sagte: „Werde ein Freund von Freiheit und Unsicherheit." Ist das eine Forderung, die du unterschreiben würdest?

Für die meisten Menschen in der Welt führt Unsicherheit nicht zur Freiheit. Und mich selbst fordere ich lieber mit dem Satz von Hannah Arendt heraus: „Es kommt darauf an, auf welcher Stufe der Leidenschaft und Ehrlichkeit mit sich selbst man lebt."

Auch schon wieder eine Forderung, die Courage verlangt. Du formulierst in „Sieh da, das Alter": „Leben mit der Achtsamkeit wie auf dem Hochseil, trotz aller Abstürze". Ist das ein Lebensmotto für dich?

Gewiss, das ist es. Aber ich halte es nicht immer durch.

Ihr seid beide sehr genaue Arbeiter. Das ist mein persönlicher Eindruck. Selten zufrieden. Ist das eine Gemeinsamkeit?

Vielleicht das Verlangen, etwas zu erfassen in der Arbeit, was sich immer wieder entzieht. Sisyphus – Verständnis, immer wieder neu ansetzen.

Du bist Ehrenmitglied der Else Lasker-Schüler-Gesellschaft. Welche Bedeutung hat für dich diese Schriftstellerin?

Für die Else gilt für mich der Satz, den Nietzsche über Schopenhauer sagte: „Dass ein solcher Mensch geschrieben hat, dadurch ist wahrlich die Lust, auf dieser Erde zu leben, vermehrt worden." Ja, es ist ein großes Glück, dass es sie gab, die so undogmatisch lebte und schrieb. Ich verehre ihre intuitiven Wortschöpfungen, ihre Lebensintensität und Weitschweifigkeit im Geiste, ihre Menschennähe und zweifelnde Gottesgewissheit. Und ich sehe es als einen Glücksfall an, dass Hajo Jahn die Else Lasker-Schüler-Gesellschaft zu einem Ort der Begegnung machte und dadurch ihr Werk und ihre Person immer wieder auf verschiedenste Weise ins Gedächtnis der Menschen bringt und in Verbindung setzt mit anderen politisch Verfolgten, die wie sie nicht wohlgelitten waren.

Mit welchen verstorbenen oder lebenden Menschen wäre es dir eine Herzensangelegenheit, in einen Austausch zu kommen?

Rückwärts in die Zeit gehend, wünsche ich mir, Henry Miller in Big Sur zu treffen, dort mit zu leben, zu erfassen das Nichtfassbare, das im Alltäglichen aufleuchtet, die suchende Rede, die Antwort des anderen, im Augenblick sein. Jenseits von Zeit möchte ich jene wiedertreffen, die mir eines Tages in Mumbai auf der Straße entgegenkam, sehr schmal und aufrecht, in Weiß gehüllt auch das Haupt. Ich sah sie kommen und zögerte unwillkürlich, um diesen Moment zu verlangsamen. Ich sah ihr dunkles ruhiges Gesicht, ihre Augen sahen meine. Wir sahen uns an, als hätten wir erwartet uns zu treffen. Ich machte eine Bewegung mit der Hand. Nein, es war sie, die lächelte als wäre es gar nicht nötig, dass wir stehen bleiben würden, und so zogen wir aneinander vorbei. Doch ich behielt sie im Blick meiner Erinnerungen, im Gedächtnis des Erinnerns.

Ingrid Bachér

Latinische Landschaften

Über die Campagna gehen die Torsi der Aquädukte, stehenden Läufern gleich, dem Blick Bewegung vorgebend, die nicht existiert. Bewegung und Stillstand. Rast zwischen dem frühen Aufbruch des Lichtes am Morgen und späten Rückzug am Abend. Schönheit, die schmerzt, so wie die Vergänglichkeit schmerzt, dieser uralte Fluch, der alle anderen in sich trägt. Nur die Kunst hebt ihn auf, nicht gänzlich, aber sie kann ihn abwandeln. Entlastung der Seele durch den Zugang in einen zeitlosen Moment, in dem die eigene Zeit und die vergangene sich wiederfinden. Nichts ist vergeblich, wenn Kunst es bindet und für uns bewahrt. Alles scheint auf und verglüht – aber die erfaßte Impression bleibt lange bestehen. Manchmal so intensiv wie eine Neuschöpfung, die durch das festgehaltene Licht evoziert wird.
Das Licht der Farben – Ulrich Erbens Thema. Deutlich wird hier, wie Licht sich wandelt mit Tonwert und Materie der Farbe, dem sinnlichen Material der Darstellung, wie es eingesogen wird, im Schatten sich bewahrt und hervorbricht, unvermutet leuchtend. Die Augen tasten die rudimentären Bruchstücke der Wirklichkeit ab, die römischen Bögen der Aquädukte, die kunstfertig aufgemauerten, lebensnotwendigen. So wurde das strömende Wasser, das hochgehobene Bett des Wassers gehalten. So wird der Himmel gehalten für unseren Blick. Offene Tore, die Eintritt in die Landschaft verheißen, gesehen wie aus weiter Entfernung. Wieder das Thema der Farbe und des Lichtes, durch das alles erst zum Leben, zur Bewegung – selbst der kaum merklichen in sich ruhenden – erweckt wird.
Jahrzehntelang arbeitete Ulrich Erben mit Formen und Farben, erst jetzt in den latinischen Landschaften nimmt er wieder die Erscheinungen der Welt auf, im Zustand des Versenktseins in das Angeschaute. Bilder der Versöhnung mit der Welt für den Maler, der im Alter zurückkehrt zu der Landschaft seiner Jugendzeit, seines Aufbruchs. Nicht mehr Schöpfungen aus der Imagination, um eigene Farbwelten zu gestalten, sondern aufgenommen jetzt das, was er sieht, sich dem unterwerfen, hervorheben wie etwas, das er entdeckt hat, was sich ihm darbot und einprägte, nicht zu vergessen die Welt. Die Farben werden wieder Teil des uns Bekannten, die Bilder zu Epitaphen, die von unserem verströmenden Leben berichten, unserer Anwesenheit im Kontinuum, der Möglichkeit, uns im Gesehenen zu finden.

Mario Praz schrieb über das helle, befreiende Licht der Campagna. Bei Ulrich Erben wird es zum verdichteten Glanz. Das Aufleuchten der Farbe ist hier das Aufleuchten des Lichtes am Abend, wenn es plötzlich an Wärme und Leben gewinnt. Dieser schöne Moment ist in vielen seiner Bilder eingefangen, diese verstärkte Anwesenheit im Licht. Weswegen es weder Hintergrund noch

Villa, 1998
Öl und Lack auf Leinwand
25 × 35 cm, Ausschnitt

Vordergrund gibt, nichts was bedeutender wäre und nichts was ein hauptsächlich Dargestelltes zeigt, sondern alles drückt gleichermaßen die Präsenz der Welt des Latiums aus, gesehen von einem Maler, der aus dem Norden kommt und in diesem südlichen Land den Reichtum des Seins entdeckt, das er in seiner nie ganz zu entschlüsselnden Rätselhaftigkeit darstellt.

Das Geheimnis des Verdeckten ist in den Bildern malerisch üppig gearbeitet, doch auf kleinstem Raum gehalten, was den Eindruck des intensiv Angesehenen erhöht, der Kostbarkeit, auch des Unerreichbaren, weil vom Verfall gezeichnet. Doch zugleich zeigt sich die Lust, sich darin zu verlieren, die Lust, dies anzusehen, wie es früher schon von ferne gesehen wurde – und wie es mit dem Blick immer wieder umfangen werden kann, bevor es verschwindet oder der Betrachter seinen Platz verlässt.

Es ist eine Rückkehr aus der Welt der geometrischen Zeichen, in der Tod nicht vorkommt, zur Darstellung unserer sichtbaren Wirklichkeit. Im Latium taucht Ulrich Erben ein in die Vieldeutigkeit der übereinander gelagerten Geschichte, der verwilderten Landschaften der Etrusker, der überwachsenen Wege, der Wagenspuren, nach mehr als zweitausend Jahren noch erkennbar, der Ruinen und in die Erde gebauten Gräber. Das Licht und die vergehende und immer wieder erstehende Welt sind die Konstanten dieser Bilder, und so sind sie geprägt von der Anwesenheit des Lebens wie des Todes, unserer janusköpfigen Erfahrung von Bewegung und Stillstand.

Rovine, 1998
Öl und Lack auf Leinwand
30 × 40 cm, Ausschnitt

Heinz Liesbrock

Ordnungen des Sichtbaren

Wie das Werk nur weniger Künstler ist Ulrich Erbens Malerei in ihrer nun bald vier Jahrzehnte überspannenden Entwicklung durch eine Bewegung zwischen Konstanz und Wandel bestimmt. Diese Entwicklung reicht von den sogenannten

Villa Lante II, 1999
40 × 30 cm

weißen Bildern der späten sechziger Jahre über ein Bildkonzept unregelmäßig gefasster Farbfelder, die direkt aneinandergefügt waren, bis zu jenen Arbeiten, von denen Erben als Farben der Erinnerung spricht und die den Maler seit den späten achtziger Jahren beschäftigen: Orthogonale Farbfelder werden hier zu einer regelmäßigen Struktur gefügt. Diese gewinnt ihre Dynamik durch ein Geschehen der Farbe, das alle geometrische Ordnung latent überstrahlt. Die Übergänge zwischen diesen Bildkonzepten mögen dem Betrachter als tiefgreifend und unvorhersehbar erscheinen, doch für Erben waren diese Schritte immer auch Ausdruck der Kontinuität und Selbstvergewisserung. Jedem Schritt in das offene Terrain geht ein Innehalten voraus, das sich auf das eigene Herkommen und seine Grundsätze besinnt, um diese auch in der Verwandlung zu bewahren. Im Überblick erscheint dieses Werk in besonderer Geschlossenheit, seine einzelnen Schritte als Perspektiven eines Grundthemas, das in aller Veränderung sichtbar bleibt.

Zu diesen Konstanten zählt für Erben zuvorderst die Einsicht in die besondere Sprachfähigkeit der Farbe. Farben, so vermittelt es seine Bilder, sind eine Materie, die in ihrer künstlerischen Gestaltung auf eine geistige Wirklichkeit weist. Sie bilden nicht einfach das Vertraute ab, sondern öffnen das Sichtbare für jenes Unbekannte, das sich sonst gerne verbirgt. Dieses Sichtbare, insbesondere die Landschaft, erscheint denn auch als der zweite Pol von Erbens Interesse. Ihrer Darstellung, eigentlich Vergegenwärtigung, dienen alle seine künstlerischen Mittel.

Landschaft ist das große Thema dieses Malers, in dem sich auch sein persönlicher Lebensweg widerspiegelt: die bis heute dauernde Verbindung zu Italien, wo er Jahre seiner Jugend verbrachte, und die Nähe zur Landschaft des Niederrheins, die seinen Lebensumkreis in Deutschland mitbestimmt. Grundverhalte der Natur, wie das Licht, Wachstum und Verfall der Vegetation, die Spannung einer Horizontlinie, in der sich die Sphären von Himmel und Erde begegnen, sie bilden die hintergründigen Themen dieser Malerei, auch wenn sie zunächst gegenständlich ganz ungebunden erscheinen mag. In der Betonung geometrischer Struktur äußert sich eine besondere Ordnungsanstrengung. Erben löst sich von der Darstellung einzelner Elemente der organischen Landschaft, um sie jenseits des Akzidentellen als ein Gesamtphänomen zurück zu gewinnen. Er übersetzt ihre konkrete Sichtbarkeit etwa in ein Lasten und Tragen der Formen oder in eine Differenzierung innerhalb des scheinbar Gleichen. So erscheinen seine Bilder als eine Emanation der Farbe, in der sich Natur auch als ein Resonanzraum menschlichen Lebens verdeutlicht. ‚Ich möchte', hat der Künstler einmal gesagt, ‚die Energie einer Landschaft zeigen, ohne ihre figürliche Bindung.' So beschreibt der Hinweis, auf die ‚Farben der Erinnerung', Landschaft als ein lange gewachsenes kulturelles Phänomen, das aber auch jenseits historischer Linien als Möglichkeit der Aussage von Welt zur Sprache kommt. Erbens Bilder zeugen von einer Versenkung in das Sichtbare und zugleich davon, wie sich die Phänomene immer wieder ins Offene verwandeln und sich der Festlegung entziehen.

Diese Erinnerungsstruktur bildet auch den Schlüssel für seine jüngste Werkgruppe, die in diesem Buch vorgestellt wird. Entstanden sind die Arbeiten in Italien in den Jahren seit 1998. Ihren engeren geographischen und kulturellen Hintergrund bildet das Latium – Rom, die Villa Lante und schließlich die Ortschaft Bagnoregio. Wir können sie als neue Intensivierung der Beziehung zum italienischen Kulturkreis verstehen, aber auch als Hinwendung zum eigenen künstlerischen Beginn. Diese Arbeiten erscheinen in gewisser Weise als Aktualisierung von Erbens künstlerischen Anfängen in den sechziger Jahren: jene Bilder, die in ausdrücklicher Vereinfachung Landschaft zur Ansicht brachten. In ihrer deutlichen Orientierung an einem geometrischen Aufbau wiesen sie voraus auf die weitere Entwicklung des Malers, etwa die dann folgenden ‚weißen Bilder', sie berichteten aber genauso von einem tiefreichenden Respekt für die sichtbare Erscheinung der Welt.

Auch angesichts der neuen Landschaften mit ihren klar gezogenen Horizontlinien, leuchtenden Himmeln und den Bewegungen der Erde verspüren wir wieder die unmittelbare Kraft der Phänomene, der sich der Künstler anvertraut hat. ‚Was ich sehe', der Titel dieser Ausstellung betont zugleich die Unersetzbarkeit des eigenen Blicks, des fühlenden und denkenden Individuums. Die kleinformatigen Arbeiten, die sich einem konkreten Anschauen der Motive verdanken, wirken immer wie in einem Zug gemalt. Sie setzen ihren Punkt rasch, einer Konzentration gehorchend, die auf den besonderen Augenblick gerichtet ist, der Erkenntnis zu stiften vermag. Es entsteht eine Verdichtung, die von der Berührung eines Subjekts durch den genius loci berichtet. So ist ihre Absicht auch nicht primär auf Differenzierung der Dinge gerichtet, sondern auf eine breite Charakteristik des Sichtbaren, eine atmosphärische Verdichtung, die sich vor allem als Geschehen der Farbe verdeutlicht. In ihrem Strömen, das Architektur und Natur zugleich durchpulst, manifestiert sich die Energie einer Landschaft, die sich nicht in der Gegenwart erschöpft, sondern tief in das Geschichtliche reicht. Aufgrund dieser Bedeutung der Farbe vermag sich der Elan der Landschaft auch an Reststücken des Dinglichen zu zeigen. Erben verwendet in allen Bildern einen einfachen Gebrauchslack, der den Farben ein besonderes Leuchten gibt. Gemeinsam mit jener Vereinfachung der Dinge läßt dieser Schein die Bilder doch monumental und fremd erscheinen. In ihrer Archaik begreifen wir sie als Chiffren des historisch Versunkenen, das gleichwohl nicht stumm ist. Für Erben ist der gesamte Zyklus dieser Bilder denn auch Hommage an eine der kulturell ältesten Regionen Europas, deren Geschichte nicht erst mit den Römern beginnt. Die Landschaft des Latium in ihren besonderen Formationen, die in sie eingebettete Architektur und der Zyklus der Jahreszeiten mit seinem wechselnden Licht: sie alle künden von einer dauernden Präsenz innerhalb des Wandels.

Auch das zeitlich in die Ferne Gerückte, so vermitteln es die Bilder, kann uns als präsentisch gegenüber treten. ‚Diese Landschaft', so hat Erben formuliert, ‚steht für mich im immerwährenden Dialog mit all jenen, die versuchten sie zu gestalten – die Bauten hineinsetzten, Wege anlegten, Gräber in die Tuffsteinhügel versenkten und mit Bildern sinnlichen Lebens bemalten, Visionen einer Einheit von Diesseits und Jenseits. Alles Zeugnisse von Menschen, die damit sagten: hier sind wir anwesend, hier sind wir vergangen, waren Teil von allem, gingen unter und blieben doch mit unseren Zeichen anwesend.'

Erben versucht in diesen Bildern, eine geschichtliche Erinnerung aufzurufen, gegen den Verlust des Gedächtnisses die Aktualität des Vergangenen zu unterstreichen. Denn auch der Mensch des beginnenden 21. Jahrhunderts, einer vermeintlichen ‚post histoire', steht innerhalb des Geschichtlichen. Aus der Vergangenheit sieht uns, wie es Walter Benjamin einmal angesichts einer Portraitphotographie von David Octavius Hill sagte, das Künftige an, das wir rückblickend entdecken können. Auch Erbens Selbstverständnis als Maler macht sich in dieser Sicht deutlich. Nicht das Neue ist unbedingt zu formulieren, sondern eine Position im geschichtlichen Kontinuum einzunehmen. Zukunft eröffnet sich der Erinnerung.

Villa Lante III, 1998
Öl und Lack auf Leinwand
40 × 30 cm, Ausschnitt

Isola S.F., 1962
Mischtechnik auf Karton
70 × 100 cm
Privatsammlung

Erich Franz

Balance der flüchtigen Wahrnehmungen

Zwölf Bilder von Ulrich Erben

Ulrich Erben war 22 Jahre alt, als er 1962 das zarte venezianische Bild „Isola S. F." auf einen Karton von 70×100 Zentimeter zeichnete und malte. In jenen Jahren studierte er an wechselnden Kunstakademien – Hamburg, Urbino, Venedig, Berlin – und kehrte zwischendurch immer wieder nach Rom zurück, wohin er als 16-Jähriger mit seiner Familie gezogen war. Widersprüchliche Eindrücke kommen auf: Zwei weiße Gebäudefronten, verbunden durch eine horizontale weiße Gartenmauer. Hauchdünne Bleistiftstriche deuten die Kanten der Mauern an. Kalkiges Weiß ist mit sichtbaren Pinselstrichen teils zügig und teils fahrig, teils deckend und teils transparent auf den Karton gemalt. Einerseits: perspektivisch in die Tiefe geschichtete Hauswände – und andererseits: flach auf den Karton gestrichene Temperafarbe. Beide Wahrnehmungen entstehen zugleich. Sie sind unvereinbar. Und dennoch durchdringen sie sich, lassen sich nicht voneinander lösen.

Dazu kommt der blaue Himmel über den Häusern. Auch sein Blau ist mit zügigen und weich verfließenden Pinselstrichen in die Fläche oberhalb der Häuser gemalt. Das Weiß überdeckt nicht das Blau des Himmels. Neben den Konturen der Häuser tauchen verwischte hellgraue Spuren auf und trennen beide Bereiche. Und verbinden sie zugleich. Der Himmel breitet sich bis in die Ferne hinter den Häusern aus. Zugleich kommt seine blaue Farbe in der Mitte des Bildes – dunkel verdichtet – ganz nach vorne.

Der dunkle Wischer im Himmel stört die Weite. Er zieht den Blick an – unübersehbar. Seiner Umgebung verleiht er Transparenz und Helligkeit. Dabei erscheint der Himmel nicht blass. Sein helles Blau vermischt sich mit einem staubigen Grau, das im gesamten Bild vorkommt. Das dunklere Blau verleiht auch dem Weiß der Häuser intensive Helligkeit.

Eigentlich ist es kein strahlendes Weiß, eher wie verwittert und porös. Im Kontrast zum Himmel erscheint es dennoch fast blendend. Ein Flimmern. Das Auge kann das helle Weiß der Mauern und das dunkle, nicht integrierbare Blau in der Bildmitte nicht gleichzeitig wahrnehmen. In der linken Hausfassade fallen unten eine Tür und darüber ein venezianisches Doppelfenster auf. Ihre dunkleren Farbstiftschraffuren bewirken ebenfalls eine Aufhellung der verwitterten Hauswand. Ganz links zum Bildrand hin scheint die Wand ihre materielle Substanz zu verlieren. Sie löst sich auf in die weiße, mit dem Pinsel aufgestrichene Farbe.

Unvereinbare Wahrnehmungen verschmelzen miteinander: Das geschieht tatsächlich in allen Bildern von Ulrich Erben. Darin liegt ihre Zauberei, ihre Faszination. Jede Wahrnehmung bleibt flüchtig. Sofort und unausweichlich tauchen andere, fremde Wahrnehmungen auf, verdrängen die ersten Eindrücke, lösen sie auf – und vertragen sich dennoch mit ihnen, scheinen sie fast zu bestätigen. Eine große Stille herrscht in dem Bild mit den italienischen Häusern. Und doch scheint nichts bleibend.
Alles ist von unruhigen Bewegungen durchzogen – verhalten, aber unaufhaltsam. Mit leichter Hand, ohne jede kubistische Sperrigkeit, wirken die Gegensätze aufeinander. Die Widersprüche sind unvereinbar, sie schließen einander aus: Ding und Fluidum, greifbare Nähe und unerreichbare Distanz, Fläche und Raum – sogar: Materie und Licht. Hier, in Erbens Bild, wirken sie dennoch friedlich zusammen.
Eine Balance.
Wenn wir uns erinnern: Auch in unseren realen Erfahrungen kommt manchmal eine ähnliche Gleichzeitigkeit von unvereinbaren Gegensätzen vor. Wenn wir etwa am Abend das elektrische Licht nicht angemacht haben und die Dämmerung zwischen die Dinge kriecht. Wenn wir über eine Wiese durch den Dunst auf ferne Berge blicken. Oder wenn in einer südlichen Ortschaft der Eindruck von Helligkeit nicht auf die Farbe der Mauern und des Straßenpflasters beschränkt bleibt, sondern sich als flimmerndes Licht über die Dinge ausbreitet. Dann glauben wir, beides zugleich zu sehen: die greifbaren Gegenstände und das in diesem Moment alles überströmende Licht.
Mit leichter Hand scheint in Erbens Bildern – in all seinen Bildern – eine solche Balance der Wahrnehmungen hergestellt. Die Wirkungsgrade der unterschiedlichen Flüchtigkeiten sind genau aufeinander abgestimmt. Keine von ihnen nimmt überhand – weder die Festigkeit noch die Auflösung. Der Künstler handhabt seine Mittel so präzise auf den Punkt, dass alles wie selbstverständlich und sogar natürlich erscheint.
Seine Mittel, das sind weniger: Pinsel, Farbe und Leinwand, sondern vor allem: die unbewussten Mechanismen unserer Wahrnehmung. Hermann von Helmholtz, der kluge Erforscher der Naturgesetze unserer Sinne aus dem 19. Jahrhundert, hat diese Mechanismen unserer Optik „unbewusste Schlüsse" genannt (Handbuch der physiologischen Optik, Leipzig 1867, S. 449). Wir „beurteilen" unbewusst die Lichtreize, die im Auge auf die Retina eintreffen, entsprechend unseren Erfahrungen, die wir bereits als kleine Kinder gemacht haben. Wir nehmen die Grenzen von unterschiedlichen

Helligkeiten als Kanten wahr, wir „sehen" in kleiner werdenden gleichartigen Dingen eine perspektivische Tiefenflucht, wir erkennen Formen „vollständig", auch wenn sie halb verdeckt und nur angedeutet sind, wir empfinden etwas Horizontales als liegend (mit einem Gewicht). Bei einem Fahrradrad „sehen" wir: Es kann sich drehen (auch wenn es das gerade nicht tut). Wir „sehen" dies alles, wir schließen es mit völliger Sicherheit aus unseren Eindrücken – ohne für diese Schlüsse unser Denken einzuschalten: „unbewusste Schlüsse". Wir sehen es aus unserer Erinnerung.
Erben setzt mit seiner Malerei solche unbewussten Wahrnehmungsvorgänge in Gang, ohne dass sie sich wechselseitig ungültig machen. Keine von ihnen gewinnt die Oberhand. Daher erscheint uns in Erbens Bildern jede

„Seine Mittel, das sind weniger: Pinsel, Farbe und Leinwand, sondern vor allem: die unbewussten Mechanismen unserer Wahrnehmung."

Wahrnehmung als eine flüchtige. Die eine taucht im Bewusstsein aus der anderen auf, aus ihrem Gegensatz – immer wieder neu: das Begrenzte aus dem Fluidum und das Licht aus der Materie.
Erben ist natürlich nicht der einzige Maler, der solche unbewussten Konstruktionen unserer Wahrnehmung gezielt einsetzt. Eigentlich tun es alle Maler. Aber er beweist dabei ein besonderes Feingespür. Er balanciert die gegensätzlichen Wahrnehmungen zueinander aus. Und er setzt dabei die Mittel der Malerei mit großer Bewusstheit ein: die nuancierte Leuchtkraft der Farben, ihre optischen Interaktionen, ihre Flüssigkeit, ihre Deckkraft und Transparenz, die isolierten und die miteinander verschmelzenden Pinselstriche, den langsamen und den zügigen Farbauftrag, die Weichheit oder Festigkeit der Pinselhaare, die unterschiedlichen Randbildungen der Farbflächen, die Mitwirkung des Untergrundes. All diese malerischen Mittel dienen bei Erben nicht einer gegenständlichen Darstellung, sie wirken aus sich selbst: „autonom".
Dennoch sind Erbens Bilder nicht ungegenständlich. Auch in seinen geometrischen Flächeneinteilungen und seinen puren Farbzusammenstellungen „entstehen" immer auch Aspekte des Realen: räumliche Tiefe und Transparenz, Schwere und Leichtigkeit, verschiedenste Arten von Bewegung.

Ohne Titel, 1968
Öl auf Leinwand
110 × 95 cm
Privatsammlung

Und immer glauben wir bei Erbens Bildern, wir würden „Licht" sehen – Licht als eine Verbundenheit der Farben und Formen über ihre Grenzen hinaus, eine atmosphärische Verbundenheit. Und wir glauben auch, diese Farben und Formen irgendwoher zu kennen, die wir im Bild sehen: Als enthielten sie Erinnerungen.

Vom Jahr 1968 an – Erben war inzwischen freischaffender Künstler und an den Niederrhein gezogen – malte er für etwa zehn Jahre „Weiße Bilder". Bei ihnen besteht der Randbereich aus der unbemalten, lediglich grundierten Leinwand, und einem inneren bemalten Bereich, der zu den Bildrändern Abstand hält. Er ist mit weißer Farbe in gleichmäßiger Ausdehnung und in mehreren Schichten bedeckt. Im ersten dieser Bilder gab es anfangs noch ein farbiges Rechteck, wie Erben später berichtete: „Zunächst war die erste Übermalung dunkelbraun, danach erst habe ich sie weiß übermalt, übrigens mehrmals, bis ein Dialog des Übermalten zum hellen Leinwandumrand entstand."

Ein „Dialog": man erblickt nicht gleich eine klar begrenzte Form, die sich vom Grund farbig absetzt, sondern man schaut genauer hin und unterscheidet allmählich deutlicher. Der Randbereich, der außen eine Kante hat (die Bildkante) und dessen Oberfläche etwas rau ist, erscheint greifbarer als die mit Ölfarbe bemalte Fläche im Inneren. In ihr findet das Auge keinen Halt. Nichts hebt sich in der glatten Fläche ab. Ihre weiße Oberfläche verfestigt sich nicht zu einer materiellen Grenze zwischen Bild und Raum. Man blickt scheinbar in eine unbegrenzte Helligkeit.

> *„In Erbens „Weißen Bildern" schließen sich dingliche Materie und unbegrenzte Licht-Erscheinung noch enger zusammen. Sie durchdringen einander."*

In den ersten Bildern hatte sich die übermalte Fläche noch durch eine leichte Tönung unterschieden; der äußere Bereich war anfangs auch noch weniger einheitlich und konnte ebenfalls abgetönt sein. Je näher das äußere Weiß aber in späteren Bildern dem inneren kam, desto wichtiger wurde die optische Verwandlung.

Beim erforderlichen genaueren Hinsehen erscheint die Mitte der „Weißen Bilder" zunehmend immateriell. Auch sie besitzt Rand und Oberfläche, doch werden sie kaum deutlich und verflüchtigen sich wie ein Hauch. Wir empfinden im inneren Bereich eine helle Durchlässigkeit. Den Unterschied zum Rand erkennen wir allmählich. Er „entsteht". Die immaterielle Helligkeit scheint sich zu steigern – ein Crescendo. Als würde der gemalte Bereich beginnen, von innen her zu leuchten.

Damit bleibt das vor den Augen Liegende, die Bildfläche, kein objektives Gegenüber. Es ist wie eine Befreiung: Die farbige Erscheinung – hier das Weiß in der Mitte – durchbricht das Nebeneinander von Form und Grund. Wie eine Blendung übersteigt die gemalte Fläche die Fähigkeit des Auges zu objektiver Wahrnehmung. Die Distanz zwischen mir, dem Betrachter, und dem, was ich ansehe, bricht auf: Die Bildfläche oszilliert, verliert ihre

Grenzen, weitet sich, wird ungreifbar, lichthaltig, immateriell, räumlich: Sie wird zu einer Erfahrung des Sehens, nicht nur des Bildes.
Schon in seinen frühen Landschaftsandeutungen hatte Erben die unvereinbaren Wahrnehmungen – Gebäude in einer Landschaft und Farbflüssigkeit, auf eine Fläche gemalt – scheinbar miteinander verschmolzen. Ohne ihre Gegensätzlichkeit einzuebnen. Bereits dort lässt sich die aufgemalte Farbe nicht auf die Dinge eingrenzen. Eben dadurch fassen wir die Farbe wie „Licht" auf. Sie befreit sich von den begrenzten Formen. In Erbens „Weißen Bildern" schließen sich dingliche Materie und unbegrenzte Licht-Erscheinung noch enger zusammen. Sie durchdringen einander. Und steigern damit die Wahrnehmung ihrer Differenz.
In manchen der „Weißen Bilder" dehnt sich die innere Zone fast bis zum Rand und wirkt wie eine äußerst gespannte, fast überdehnte Erstreckung. Andere konzentrieren die visuelle Dichte auf eine block- oder stabartige Form, die Erben in einigen Bildern auch verdoppelte. Wie ein Magnetfeld verdichtet sich ihre Farbenergie gegenüber dem ausgedehnten unbemalten Umfeld.
Erben hat seine Flächen nicht abgeklebt, sondern genau bis zum Rand hin gemalt, den Rand malerisch von innen her bestimmt. So wirkt die lichthafte Form als etwas Ganzes, nicht als etwas von außen Abgeschnittenes. Ihre malerische Ausdehnung ist genau bis zur Grenze hin gespannt. Die Farbe wird ein Ganzes. Zugleich löst sie sich von der materiellen Begrenztheit des Randbereichs. Sie beginnt zu „leuchten". Das Bild scheint sich insgesamt zu verwandeln.
Im Jahr 1974 – noch in der Zeit der „Weißen Bilder" – zeichnete und malte Ulrich Erben einige wenige „Landschaften" auf weißen Karton von einem Meter Breite. Sie bedeuten keine Rückkehr zum Gegenständlichen, sondern weiten unsere Wahrnehmung sogar noch weiter ins Unbegrenzte hinaus – die Wahrnehmung der Formen, der Dinge, des Raumes, der Farbe, des Bildes und sogar des Lichts.
Die Helligkeit löst sich aus den materiellen, mit dem Pinsel aufgetragenen Farben. Die Transparenz dieser Farben entsteht wiederum aus dem Eindruck räumlicher Tiefe eines flachen Landes. Der Horizont dehnt sich über die angedeuteten Dächer und Waldstücke hinaus zu einer unendlichen Linie, weil man die gegenständlichen Motive erkennt und doch nicht erfasst. Man bleibt mit dem Blick nicht stehen. Die Linie unterteilt die weiße Fläche – und vereint sie zugleich zu einem Ganzen. Wir erleben Helligkeit und Weite aus den Übergängen zwischen Unvereinbarem.

Die horizontale Linie wird zum Ort der Verschmelzung und der Trennung – von Nähe und Ferne, Materie und Licht, Gegenstand und Farbenspur. Für solche zentralen Stellen des Übergangs verwendete Paul Cézanne den Begriff der „Passage" – für den Widerschein im Farbton, für die Vereinigung des Gegenstandes „mit dem, was ihm benachbart ist."

Ab 1978 entwickelte Ulrich Erben eine neuartige Malweise – eine völlig andere als bisher. Als wollte der Künstler die Fesselung seiner Malerei an die Rechteckfläche des Bildes mit aller Heftigkeit abschütteln, begann er die Werkgruppe der „Prima-Vista-Arbeiten". Alles ist unruhig. Es gibt kein Rechteck in diesen Bildern. Einzelne große Farbflecken – jeder mit einer leuchtenden, ungemischten Farbe auf die Leinwand gemalt – springen mit ihrer optischen Intensität aus dem Flächenverbund in den Raum. Einige von ihnen breiten sich auch eher flach aus und wieder andere bilden dunkle Bereiche mit innerer Tiefe.

Jeder Farbfleck besteht aus zahlreichen einzelnen Pinselstrichen, die sich deutlich voneinander absetzen. Das Auge vollzieht sie Zug um Zug nach – ihre Strecke von Anfang bis Ende, ihre schnellen und durchgezogenen Richtungen. Man erblickt nur Bewegungen: Jeder Fleck entwickelt seine

Ohne Titel, 1974
Mischtechnik auf Karton, 75 × 100 cm
Josef Albers Museum Quadrat Bottrop

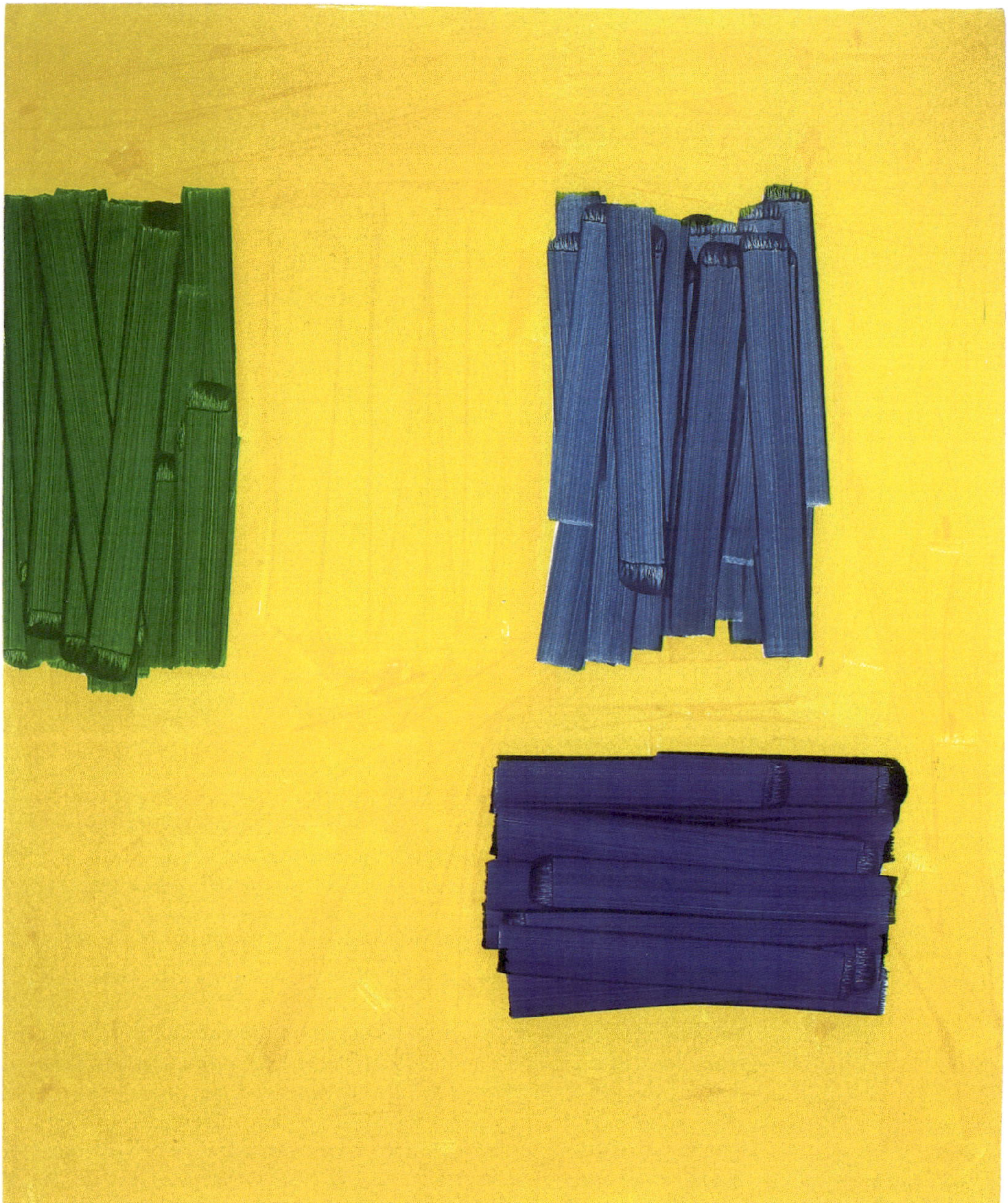

eigene Unruhe, abhängig von der Dichte, Transparenz und Leuchtkraft der flüssigen Farbe, von der wechselnden Ausrichtung der Pinselzüge, die immer von der Vertikalen oder Horizontalen abweichen, von ihren längeren oder verkürzten Verläufen und auch von der unterschiedlichen Breite des Pinsels. Kein Pinselzug fügt sich einer Gesamtform ein. Die Ränder der farbigen Formen sind zerrissen und führen an jeder Stelle den Blick ins unruhige und gleichzeitig gestraffte Innere.

Die einzelnen bewegten Farben und Flecken ordnen sich zugleich in prägnanter Weise einander zu. Nimmt man mehrere dieser Farb-Inseln in den Blick, tritt man also ein wenig zurück, dann stellen sie zusammen eine ausgewogene, beinahe ruhige Konstellation her. In der großen Fläche des Bildes scheinen die einzelnen Farbflecken nicht fest positioniert, sondern sie interagieren miteinander – bei jedem Bild in einem anderen Rhythmus: Sie bewegen sich aufeinander zu und voneinander weg, reihen sich ein, weichen ab oder treten aus einem Verbund heraus. Je nach Farbintensität, Ausdehnung und innerer Bewegtheit stellt jeder Fleck einen anderen „Charakter" dar. Kleinere Flecken erscheinen lebhafter, andere eher gemessen. Die Zwischenräume, Abstände und Spannungen sind entscheidend für dieses Zusammenspiel.

In den ersten Jahren agierten die verschiedenfarbigen Positionen auf einem weißen Grund. Sehr bald setzten weiße Pinselstriche ihn ebenfalls in Bewegung. Ab etwa 1982 wurde der Grund aktiver: Er mischt sich deutlich in das Zusammenspiel ein, tritt mit eigener Farbe zwischen die Flecken und umspielt deren Positionen. So ungezügelt die Pinselstriche des Grundes an jeder Stelle verlaufen: sie dringen nicht in die Bereiche der Flecken ein, legen sich nicht über sie und werden von ihnen auch nicht überlagert. Auch hier erzielt Erbens Malerei eine genaue Balance der ungezügelten einzelnen Aktivitäten.

Die Ordnung des Bildes wird nicht von einer präzisen Komposition festgelegt. Sondern die Einheit „entsteht" beim Sehen in jenen Momenten, in denen wir solche Konstellationen zwischen den bewegten Farb-Akteuren erkennen. Sie begegnen einander und interagieren miteinander im Vorgang des Betrachtens. Wir haben den Eindruck: Ihre Interaktion geschieht gerade in diesem Moment. Die farbigen „Mitspieler" bestehen aus den lebhaften Pinselzügen, von denen wir ebenfalls den Eindruck haben:

2×Gelb, 1983
Öl auf Leinwand
160×140 cm

Ihre Bewegungen vollziehen sich „jetzt" – „a prima vista", auf den ersten Blick. Ihr Zusammenspiel findet „vor Augen" statt, es entsteht im Sehen – aus den gemalten Annäherungen, Abweichungen und Ausrichtungen der Farben zu- und voneinander.

Im Jahr 1988 gelangte Ulrich Erben zu einer neuen Balance aus gegensätzlichen Wahrnehmungen. Es sind Bilder, denen er den Namen „Farben der Erinnerung" gab. Die Farben sind nicht „alla prima" gemalt – und auch nicht so zu sehen. Sie scheinen sich erst allmählich zu entwickeln, stehen nicht gleich in voller Klarheit vor Augen, sondern bleiben partiell verborgen und oft auch nur zu erahnen.

Bei diesen großen, meist zwei Meter und mehr messenden Leinwänden hat man noch nichts gesehen, wenn man nur ihre farbigen Formen gesehen hat. Sie scheinen sehr einfach, man erfasst sie mit einem Blick. Im 2,45 Meter breiten Gemälde „Balance" im LWL-Museum für Kunst und Kultur in Münster steht innerhalb eines dunkelgrauen Grundes zentral eine Rechteckform. Ihr unterer Teil ist überwiegend noch dunkler – anthrazitfarben – und das obere Viertel leuchtet orange auf. Eine „Balance", wie sie der Titel verheißt, ist in der Komposition der Formen nicht zu erkennen.
Im Unterschied zu jeder Reproduktion ist das originale Gemälde so groß, dass unser Blick an und in den wenigen Formen, die man sofort erfasst hat,

Balance, 1989
Acryl und Pigment auf Leinwand, 170 × 245 cm
LWL-Museum für Kunst und Kultur, Münster.
Dauerleihgabe aus der Kunstsammlung der Westfälischen Provinzial Versicherung Aktiengesellschaft

> *„In der Wahrnehmung überlagern sich die Farben,*
> *treten vor und zurück: All das sind Bewegungen,*
> *Vorgänge in der Zeit. Dabei kommen*
> *unwillkürlich Erinnerungen auf."*

entlanggeschweift. Und dabei entdeckt man etwa entlang der Ränder des dunklen Rechtecks Spuren von Orange. Obwohl sie winzig sind, glimmen sie deutlich aus dem Dunkel hervor. Sie könnten von einer unteren Farbschicht stammen, die mit dem dunklen Anthrazit übermalt wurde. Auch innerhalb der Fläche scheint sich ein leichtes Schimmern von Orange – kaum erkennbar – unter der schwärzlichen Farbe anzudeuten. Es scheint die verdeckte Schicht zu bestätigen. Dieses Schimmern ist vor allem im unteren Bereich zu den Rändern hin bemerkbar; oben wird es vom Orange überstrahlt.

Das leuchtende Orange wird als übermalte Farbe zu einem untergründigen Bestandteil des Dunklen – fast nur als Vorstellung. Und dennoch wird es „sichtbar". Die schwärzliche Farbe lädt sich mit ihm auf. Außerdem deutet sich eine Unterteilung des dunklen Feldes an: Ein unterer Abschnitt hat etwa das gleiche Ausmaß wie die orangefarbene Form oben. Außerdem scheinen sich in der schwärzlichen Fläche Spuren eines dunklen Blau anzudeuten. Ganz sicher festzustellen ist das alles nicht.

Die orangefarbene Zone leuchtet oben in ruhiger Präsenz aus dem umgebenden Dunkel. Aber sie strahlt nicht. Das Orange erscheint nicht „laut", sondern eher „nachdenklich". Seine Leuchtkraft wird durch einen Anteil von Schwarz gedämpft, der sich in die Pinselspuren einmischt. Im Orange ist also auch das Dunkle enthalten – wie im Dunklen das Orange. Die kontrastierenden Zonen des mittleren Bereichs entwickeln gemeinsam eine ähnlich dichte Komplexität der Farbe.

Dagegen erscheint das umgebende Grau dünn, fast transparent über einem helleren Grund. Zum inneren Rechteck hin nimmt seine durchlässige Aufhellung noch ein wenig zu. Das Verblassen zur Mitte hin ist gemalt, steigert den Kontrast zur dunkleren Mitte aber zusätzlich durch optische Kontrastverstärkung. Der graue Grund scheint sich räumlich „hinter" das dichte, zweifarbige Rechteckfeld zu schieben. Dieses hebt sich ab und schwebt „vor" ihm – fast wie ein einziger Körper.

Erben erzählte einmal, er sei auf den Titel „Balance" gekommen, weil die Fläche mit den Farben Anthrazit und Orange bei ihm eine bestimmte Vorstellung ausgelöst habe: „Weil dieses zentrale Moment sich bei aller Schwere wie ein Tänzer auf dem Seil befindet. Es balanciert über dem Abgrund." (Die Farben Orange und Schwarz sind nicht im Gleichgewicht – und sind doch im Gleichgewicht. Wie ein Körper schwebt ihre gemeinsame Fläche über dem grauen Grund.)

In der Wahrnehmung überlagern sich die Farben, durchdringen einander, verdichten sich, treten vor und zurück: All das sind Bewegungen, Vorgän-

> *„Dennoch: diese kleinformatigen Malereien sind keine Darstellungen von Landschaften, nicht einmal Skizzen."*

ge in der Zeit. Sie entstehen aus dem Zusammenspiel widersprüchlicher Wahrnehmungen: tief – und zugleich leuchtend; flach – und zugleich räumlich. Dabei kommen unwillkürlich Erinnerungen auf. Vielleicht erinnern die Bewegungen an das Werden oder Vergehen der Nacht, vielleicht an ein mehrschichtiges Gefühl, eine schwere Trauer, durchtränkt von Freude. Solche Bewegungen und Erinnerungen finden in der Betrachtung dieses Bildes zu einer besonderen „Balance" – zugleich prekär und ausgeglichen.

1998 – noch einmal zehn Jahre nach dem Neubeginn der gedankenschweren „Farben der Erinnerungen" – wendet sich Ulrich Erben überraschend ganz anderen Gestaltungsmitteln zu: Kleine Formate sind in flüssiger und kräftiger Farbe mit breitem Pinsel schnell und scheinbar spontan bemalt, oft auch mit glänzender und rasch trocknender Lackfarbe. Die Farbränder sind unruhig, oft aufgebrochen und ausgefasert und lassen – gewollt – zufällige Spuren zu. Man könnte von „Capriccios" sprechen – mutwilligen Überschreitungen gewohnter Normen und Regeln.
Der Auftrag der Farbe wirkt meist zerrissen, ihre Verteilung fleckig und pastos, bisweilen zerwühlt. Zufällige Unregelmäßigkeiten des Farbauftrags sind stehengelassen, man spürt das dünnflüssige Auslaufen der Lackfarbe. In der bewegten Farbschicht öffnen sich poröse Stellen: geritzte Linien, Spalten und Löcher auf die darunterliegende Farbschicht oder eine helle Grundierung. Die ausgesparten Partien bilden oft auch eigene Formen, die von den Rändern her eher präzise oder auch nur ungefähr angegeben werden.
Die unruhig-zerrissenen Farbflächen erinnern in ihren Strukturen und Umrissen oft deutlich an landschaftliche Motive: Bäume (Zypressen, Pinien oder etwa Olivenbäume mit ballenförmigen Kronen, locker oder dichter gruppiert), römische Ruinen (Bögen, Aquädukte, Baukörper mit Fenstern), gestufte Terrassen, blockhafte Körper, landschaftliche Strukturen (Strand, Ebene, Abhang). Schräg verlaufende Randlinien erzeugen räumliche Vorstellungen. Bildtitel führen unsere erinnernden Assoziationen zu existierenden Orten, die uns zugleich unerreichbar erscheinen – „Terracina", „Pineta (Rom)", „Villa Lante"... Erben gab diesen Bildern aus Italien, die er 1998–2001 malte, den Titel: „Was ich sehe".
In der natürlichen Wirklichkeit ist das, was wir erblicken, selten geometrisch und glatt. Unsere Wahrnehmung ist darauf angelegt, aus unübersichtlichen Eindrücken überschaubare Grundformen herauszuheben. Insofern haben diese zerrissenen Malflächen für uns etwas „Natürliches"; dagegen wirken die einheitlich-glatten eher künstlich.

Aus der Folge
Villa Lante, 1999
Öl auf Leinwand
40 × 30 cm
Privatsammlung

Dennoch: diese kleinformatigen Malereien sind keine Darstellungen von Landschaften, nicht einmal Skizzen. Wie immer bei Erben bleiben auch diese „zerwühlten" Farbflächen „autonom", sie wirken aus sich selbst: aus der nuancierten Leuchtkraft der Farben, ihren optischen Interaktionen, ihrer Flüssigkeit, Deckkraft und Transparenz, aus den isolierten und miteinander verschmelzenden Pinselstrichen, dem langsamen oder zügigen Farbauftrag, der Weichheit oder Festigkeit der Pinselhaare, den unterschiedlichen Randbildungen der Farbflächen und der Mitwirkung des Untergrundes.

Im Bild aus der Folge „Villa Lante" breitet sich unten eine glatte grüne Fläche aus. Sie erscheint weniger als Wiedergabe etwa eines Stücks Wiese. Vor allem tritt sie in intensive optische Zwiegespräche mit den anderen Farben des Bildes. Das leuchtende Grün macht die schwachen Spuren des Grün erkennbar, die sich weiter oben in einer dunklen, porösen Fläche verbergen. Die Helligkeit des Grün betont deren Dunkelheit. Ein schräg verlaufender Pinselstrich, der sich auf der grünen Fläche von einer horizontalen Linie nach links unten abwinkelt, erzeugt eine räumliche Vorstellung, die wir auch mit jener dunklen Farbfläche verbinden. Deren schwärzlich-grünliches Gewoge, das im Bild vor uns steht, lässt an eine hohe Hecke denken. Die Sichtweise einer hohen Hecke wird durch einen zweiten, ähnlich dunklen Farbbereich verstärkt, der oben schräg begrenzt ist und damit ebenfalls Räumlichkeit andeutet. Die beiden kompakten Massen steigern wiederum die Leuchtkraft des hellen und glatten Grün darunter.

Der horizontale grüne Bereich ganz unten im Bild hat auch noch Auswirkungen auf die glatte graue Farbe ganz oben. Das auffallende Grün verwandelt das Grau: Wir „sehen" dort einen blauen Himmel, weil wir ihn dort erwarten (ein „unbewusster Schluss"). Dieses „Blau" erkennen wir dann auch in den kleinen Durchblicken der „Hecke" wieder.

Die Dialoge der Farben eröffnen uns eine flüchtige Balance aus kontrastierenden Wahrnehmungen, angeregt von der Malerei. Ungeregelt, wie spielerisch, finden all die unterschiedlichen Vorstellungen zu einem glücklichen Moment zusammen – einer erfüllten Erinnerung, einem Klang.

Etwa gleichzeitig mit jenen kleinen Formaten mit aufgewühlten und zerrissenen Malereien wandte sich Erben großen und sogar sehr großen Bildern zu, die in regelmäßige rechteckige Felder mit verschiedenen Farben unterteilt sind. Die Felder erscheinen nicht als feste Elemente – etwa wie Kacheln. Ihre Farben wirken eher flüssig wie Wasser.

Die farbigen Flächen setzen sich nicht als individuelle Einheiten voneinander ab. Das Auge wandert fließend von einer Teilfläche – einer Farbe – zur anderen. Bei einer bleibt es stehen, wo die Farbe mehr auffällt oder die Form deutlicher hervortritt. Andere, einander ähnliche Farben und Formen verbinden sich zu Gruppen und Folgen. Doch fügen sich individuellere Einheiten auch in größere Gruppen ein. Umgekehrt können aus eng verbundenen Abfolgen auch einzelne Felder hervortreten. Was in einer Leserichtung sich als Kontrast abgrenzt, verbindet sich in einer anderen als nuancierte Abstufung. So gleichmäßig die Rechteckformen aufeinander folgen: Der Blick geht oft andere Wege und folgt sprunghaft farbigen oder formalen Bezügen.

In den beiden Gemälden mit dem Titel „Giudecca" sieht man keine Pinselspuren, keinen sichtbaren Farbauftrag. Alles bewegt sich im Bereich ‚Blau'. In der unteren Bildhälfte steigern zwei dunkle Quadratflächen die abgestufte Helligkeit der übrigen; eine leichte Asymmetrie der Töne verhindert

ihre Erstarrung. Außerdem ist keine Farbfläche ganz einheitlich eingefärbt. Zu den Rändern hin hellt sich jeder Blauton kaum merklich auf – bei einem Rand etwas mehr als beim anderen. Die Farbe scheint ein wenig transparent zu werden – als würde eine Helligkeit hindurchschimmern, die unter ihr liegt.
An der Vielfalt der unteren Bildhälfte steigert sich wiederum das einheitliche Blau der oberen. Es verwandelt sich vom flächigen Bildbereich zum durchsichtigen Himmelsblau. Dessen Helligkeit nimmt zum „Horizont" leicht zu, zugleich nimmt die Intensität des Blau leicht ab. (Schaut man ganz genau hin, so deutet sich die Quadrierung, die der unteren Bildeinteilung zugrunde liegt, in hauchartig aufgelösten Bleistiftlinien auch in der oberen an.) Man erfährt das Blau als sich aufhellendes Licht sowohl faktisch (die auf die Leinwand gemalte Farbe wird heller) wie auch als optische Wirkung (seine Helligkeit scheint sich an den dunkleren Tönen zu steigern).
Hängen beiden Fassungen „Giudecca I" und „Giudecca II" nebeneinander, so agieren ihre Farben auch wechselseitig. Vor allem beeinflusst das Lichtblau in der oberen Bildhälfte die Wahrnehmung der entsprechenden Partie im anderen Bild. Wir entdecken, wie unterschiedlich die Substanz dieses hellen und zugleich leicht dunstigen Blau ist: Im ersten Bild wirkt es eher klar und durchsichtig, im zweiten eher gedämpft und abendlich.
Farbe ist bei Erben niemals nur optisch, sondern auch Natur, sinnliche Schwingung, Erinnerung. Und zugleich bleibt sie auch gemalte, materielle Farbsubstanz, niemals verliert sie ganz diese Konkretheit.

In den Jahren 2008–2010 malte Erben die monumentale – und zarte – Reihe mit dem Titel „SIRIA". Alle Bilder haben die gleiche Größe – 230×170 cm – und die gleiche Form: Ein großes inneres Rechteck nimmt genau die Mitte des gesamten Bildfeldes ein. Eine solche Beschreibung verfehlt das Wesentliche: In den SIRIA-Bildern sehen wir nicht zwei Rechtecke. Stehen wir vor dem Original, so sehen wir zwar zwei verschiedene Farben, aber sie lassen sich nicht trennen. Die Empfindung einer Farbe durchdringt die der anderen. Beide wirken gleichberechtigt zusammen – als würde die äußere bis ganz nach innen strahlen und die innere bis ganz nach außen. Es gibt nicht zwei Formen, sondern zwei Wahrnehmungen, die zueinander unabgrenzbar sind.
Auch in diesen zugleich verhaltenen und energiegeladenen Farben „sehen" wir Erinnerungen. Sie entstammen dem Erlebnis der syrischen Wüste bei einer Reise des Künstlers im Jahr 2007. Nach seinen Worten sind vor allem Farben dortiger „Licht-Luft-Phänomene" in diese Bilder eingegangen;

es herrscht „ein anderes Lichtklima". Zusätzlich scheint ihre komplexe Farbigkeit aufgeladen mit vergangenen und verschütteten Spuren, die bei der Erinnerung an dieses Land aufkommen.
In einem Gespräch mit Walter Smerling wies Ulrich Erben auf dieses Ineinanderwirken hin, das von den Farben ausgelöst wird. Auf die Frage, ob der Dialog, den der Maler mit den Farben eingeht, etwas von seiner Seele, von seinen Empfindungen, über seine Empfindsamkeit erzählt, antwortete Erben: „Ja, er [der Dialog] spiegelt etwas, das ich in meiner Erinnerung behalten habe und versuche, in Bildern umzusetzen. Zum Beispiel ein Bild aus der ‚SIRIA'-Reihe. Da sehen Sie eine lichte, hellblaue Fläche, und ihr Umfeld ist in einem sandigen Ton gehalten. Das erscheint wie eine Momentaufnahme, aber es ist ein ausgesprochen langwieriger Prozess, der zu diesen beiden Abstimmungen führte. Zeigt eine permanente Diskussion zwischen diesen beiden Farben in der Art und Weise, wie sie zueinander stehen. Ich selbst stelle fest, dass meine Bilder diesen Zeitfaktor auch widerspiegeln. Sie sind nicht spontan gesetzt, und so erscheinen sie auch nicht. Es entsteht ein meditativer Aspekt, der sich verdeutlicht durch den Einsatz von Zeit, die wiederum in den Bildern zurückgeblieben ist. Sonst käme ich nicht zu diesen Ergebnissen. Es ist wirklich der zeitliche Prozess, der den Bildern immanent ist."
In den Jahren 2015 – 2019 schuf Ulrich Erben zahlreiche großformatige Gemälde, die wenige, geometrisch geformte Flächen enthalten. Er nannte sie „Festlegung des Unbegrenzten". Auf keiner der großen Formen kann das Auge ruhen. Keine Farbe scheint zu „stehen"; keine füllt eine Fläche aus und scheint von ihr begrenzt. In der Bildfläche ordnen sich die Formen und Farben auch zu keiner Komposition. Ihre Positionen scheinen zu gleiten, sich an andere anzuschließen und sich wieder von ihnen abzutrennen. Soweit Erben in seinen früheren Gemälden einfache geometrische Formen verwendete, schienen sie eher ruhig im Bild zu „stehen". Was als Bewegung aufkam, entstand zwischen ihnen. In den „Festlegungen des Unbegrenzten"

Ohne Titel
(Guidecca I, II), 2001
Acryl und Pigment
auf Leinwand,
je 130 × 130 cm
Privatsammlung

> *„Die Pinselstriche und die graduellen Farbnuancen sind so dicht ineinander verarbeitet, dass wir auch nicht die leiseste Andeutung von Stufen erkennen."*

geraten die Farben und Formen selbst in unaufhaltsame Bewegung. Die Farben bilden sanfte Übergänge zwischen „etwas heller" und „etwas dunkler", zwischen „etwas stärker" und „etwas schwächer". Sie gleiten allmählich von einem zum anderen. Die Pinselstriche und die graduellen Farbnuancen sind so dicht ineinander verarbeitet, dass wir auch nicht die leiseste Andeutung von Stufen erkennen. Dennoch sehen wir: Diese Übergänge sind gemalt. Sie sind mit unglaublicher Sorgfalt erarbeitet. Dies ist der Grund, warum die Übergänge so „langsam" wirken. Immer wieder bleibt die weitergleitende Aufmerksamkeit fast stehen – angehalten vom Eindruck einer geometrischen Form oder auch von einem gleichmäßigen Farbton. Zugleich mit solchen allmählichen Übergängen zwischen den Farbnuancen gleitet unser Blick auch von Form zu Form – geleitet von durchgehenden Konturen und von ähnlichen Farben.

In dem 2,40 Meter breiten Werk mit dem Titel „Festlegung des Unbegrenzten" (im Besitz der Kunstsammlung Nordrhein-Westfalen) sehen wir aus großem Abstand ein hellblaues Quadrat in einem ebenso hellen ocker-rötlichen Grund. Gehen wir aber näher heran, so erfasst unser Auge nicht mehr das gesamte Bild. Es wandert in ihm hin und her.

Steht man näher vor dem Bild, so „bewegt sich" das bläuliche Quadrat nach rechts hin, wo sein Blau etwas stärker wird, zu einem ocker-rötlichen Rechteck – von gleicher Höhe, aber schmaler. Oben und unten werden die beiden großen Flächen von zwei blasseren, ocker-rötlichen Streifen begleitet. Ihre abnehmende Farbkraft verstärkt optisch die Zunahme der Farbintensität im mittleren Bereich. Blickt man auf die senkrechte Berührungslinie, wo das stärker werdende Hellblau und das gleichmäßig intensive Rötlich-Ocker aufeinandertreffen, so entsteht ein deutlicher Kontrast – fast zwischen einem „Blau" und einem „Rot".

Nach links hin schwächt sich das Blau ab. Das Quadrat erscheint nicht als elementare Form, die fest vor Augen steht. Es scheint sich in die Breite zu dehnen. Links trifft sein aufgehelltes Blau auf die nicht ganz so helle ocker-rötliche Farbe, die hier weniger rötlich erscheint, eher sandig. An der Grenzlinie zum sehr hellen Blau entsteht eher ein Kontrast aus Dunkel und Hell. Die gemalten zarten Farb-Übergänge und die optischen Verstärkungen der Hell-Dunkel-Unterschiede dort, wo sie sich an den Rändern beggnen, steigern die „Bewegungen" zwischen den Wahrnehmungen. Die Wahrnehmungen unterscheiden sich deutlich, erscheinen sogar gegensätzlich. Doch der Übergang zwischen ihnen geschieht unmerklich – ohne klare Grenze. Die Farben innerhalb der Formen stehen nicht fest, sie „bewegen sich" zwischen Rötlich und Ocker, Blau und Weiß. Das hellblaue Quadrat verwandelt

SIRIA (Bosra II), 2008
Acryl und Pigment auf Leinwand
230 × 170 cm, Privatsammlung

SIRIA (6), 2010
Acryl auf Leinwand
230×170 cm

Festlegung des Unbegrenzten, 2018
Acryl und Pigment auf Leinwand, 170 × 250 cm
Kunstsammlung Nordrhein-Westfalen, Düsseldorf

sich in einen Durchblick – auf einen hellen Raum hinter ocker-rötlichen Flächen, durchzogen von substanzlosem Blau.

Aus dem Jahr 2022 stammt eine Reihe von großen Querformaten, in denen auftauchende Bewegungsprozesse nicht von Teilen des Bildes ausgehen, sondern vom Bild insgesamt. In diesen neuen Horizont-Bildern greift Erben auf eine Einteilung der Bildfläche zurück, die er schon in früheren Werken eingesetzt hatte: eine horizontale Linie in der Mitte eines Querformats. Sie ermöglichte es ihm, ohne eine einzige begrenzte Form wechselnde Sichtweisen herzustellen – sogar völlig gegensätzliche, sich ausschließende.

Bereits bei dem oben behandelten frühen Landschaftsbild von 1974 bestimmte eine horizontale Mittellinie das gesamte Bildgeschehen – ein ferner Horizontstreifen, der sich über die Mitte des weißen Zeichenkartons hinzog. In mehreren Arbeiten von 1978 auf leicht vergilbtem Karton verläuft ebenfalls eine Mittellinie – eine einzige horizontale, mit Bleistift gezeichnete Linie – horizontal über eine mit weißer Ölfarbe bedeckte Fläche. Das Weiß der Ölfarbe breitet sich über den unteren Bereich – etwa die Hälfte – eines bräunlich vergilbten Kartons aus.

Das Bild zeigt nicht mehr als diese weiße Farbe und die horizontale Bleistiftlinie. Dennoch „sehen" wir einen landschaftlichen Raum, ein weißes „Land", das sich bis zum „Horizont" erstreckt, und darüber einen bräunlichen „Himmel". Weil wir es so kennen, weil sich in unserem Blickfeld „oben" und „unten" stets horizontal in Augenhöhe treffen, „sehen" wir selbst in der linearen Unterteilung eines Zeichenkartons ein solches räumliches Verhältnis. („Unbewusst" schließen wir darauf aus unserer unwiderlegten Erfahrung.) Gegenstandslose Künstler verwenden häufig vertikale Streifen, jedoch nur selten horizontale. Der landschaftliche Effekt, die Ambiguität zwischen abstrakt und gegenständlich, die sie vermeiden wollen, ist gerade Erbens Ziel.

In Erbens Horizont-Bildern verschränken sich sehr unterschiedliche Seh-Bewegungen. Wir nehmen die waagerechte Linie nicht in einem Augenblick wahr, sondern verfolgen sie in ihrer Länge von 2,30 Meter von einem Bildrand zum anderen. Sie erscheint als Ausschnitt unbegrenzter Erstreckung. Die gezeichnete dunkle Linie wird von einem gemalten farbigen Streifen begleitet. Er betont optisch die Horizontale. Zugleich setzt sich seine Farbe jenseits der Mittellinie fort, schwächt sich ab und geht in eine andere Farbe über.

Unsere Seh-Bewegung ändert sich, sie löst sich von der Linie und geht in die Fläche über. Wir hatten soeben den Farbton verfolgt, der die Mittellinie horizontal begleitet; nun wenden wir uns der Farbe zu, die eine Hälfte des

Bildes bedeckt. Mit zunehmendem Abstand von der Mittellinie verwandelt sich die waagerechte Ausrichtung des Blicks in eine senkrechte.
Unsere Aufmerksamkeit wechselt immer wieder zwischen zwei Horizonten: Die gezeichnete dunkle Linie unterteilt die Bildfläche genau in ihrer Mitte. In schmalem Abstand dazu grenzen die beiden Farben aneinander. Unser Blick wandert ein wenig hinauf und hinab – zwischen dem Horizont der Linie und dem Horizont der Farbflächen. Einmal gehört der schmale Farbstreifen entlang der Linie zur oberen Unterteilung – und dann gleich wieder zur unteren. Die Grenze „verschwimmt". Beide Farbzonen des Bildes bleiben getrennt und werden „zugleich" miteinander vereint.
Blicken wir auf den Horizont, so erscheinen die Farbnuancen in dessen Nähe weit entfernt. Schauen wir mehr nach unten, so kommt die Farbe uns näher. Ganz unten grenzt sie an den Rand des Bildes. Die Bewegung der Farbe, das heißt: die Bewegung unseres verfolgenden Blicks, wird räumlich. In der unteren Bildhälfte breitet sich die Farbe „nahe" vor uns aus. Sie erscheint fast greifbar. In der oberen Hälfte „sehen" wir dagegen Transparenz, Aufhellung und Licht.
Wenn wir den Farbstreifen entlang der Mittellinie betrachten, so trennt ihn unsere Aufmerksamkeit von der Nuance dieser Farbe auf der anderen Seite der Linie. Dabei verwandelt sich ihre scheinbare Raumqualität: Diese Bahn, die wir soeben am „fernen" Horizont gesehen haben, verläuft nun „nahe" vor unserem Blick. Wieder entsteht eine Balance aus gegensätzlichen Wahrnehmungen. So ähnlich diese Horizont-Bilder erscheinen: Die Balance ihrer Farbräume und Farbdurchdringungen ereignet sich jedes Mal auf andere Weise.
All diese Sichtweisen erscheinen flüchtig. Sie entstehen mit den unterschiedlichen Bewegungen unserer Aufmerksamkeit über das große Format des Bildfeldes. Die Vorstellung eines Horizontes weitet das Bild ins Unbegrenzte. Der Eindruck eines Raumes lässt die Farbe transparent werden. Die gemalte Farbe löst sich von der Fläche des Bildes und erscheint als Licht.
Die Bewegungen unserer Wahrnehmungen verlaufen ebenso in die andere Richtung: Licht, Raum und Horizont konkretisieren sich zu Malerei – zu Farbe auf einer Leinwand. In ihrer Mitte verläuft eine gerade Linie über die Fläche.

Ohne Titel, 2022
Acryl und Pigment auf
Leinwand, 145 × 230 cm
Privatsammlung

Thomas Hirsch

An Orten sein, sich ihrer vergegenwärtigen
Der Genius loci – und Düsseldorf – im Werk von Ulrich Erben

Für die Malerei von Ulrich Erben sollte man sich Zeit nehmen. Dann empfindet man nicht nur, wie die Farben geradezu vor der Leinwand schweben und wie sinnlich nuanciert ihre tonalen Abstufungen sind, sondern erkennt auch ihre Verbindlichkeit. Erbens künstlerische Haltung wurzelt im Gesehenen und der erinnernden Reflexion daran. Indem er Orte und Gestimmtheiten in seiner Malerei subjektiviert, objektiviert er ihre Erfahrung. Seine Malerei verleiht dem vergänglichen Augenblick eine dauerhafte Erscheinung in der Konzentrierung auf die Essenz. Und, ein weiteres: „Ein tiefblauer Himmel ist das eine. Das Leben mit seinen Formen – das Irdische – ist das andere. Die Spannung zwischen beiden ist mein Thema", hat Erben gesagt.[1] Er erforscht die Möglichkeiten, die die Farben mit ihrem Auftrag auf der Fläche bereithalten. Also: Was leistet Malerei mit ihrem Instrumentarium aus Licht und Farbe, was nur sie kann, um das Spezifische zu erzeugen, welches die transzendierten Orte kennzeichnet? Und wie „funktioniert" das Wahrnehmen von Farben, die in ihrer Helligkeit und Tonalität davon beeinflusst sind, wie sie zueinander stehen und aufeinander treffen, also etwa im Verhältnis von Innenfeld und Außenfeld? Farbe wird zum konkreten Ereignis.

Die synästhetischen Prägungen dafür hat Ulrich Erben in den Landschaften am Niederrhein und in Italien, dem Latium und in Rom erhalten: dort wo er aufgewachsen ist und unbewusst und erstmals bewusst Sprache, Licht, Farben erlebt hat. Wo er Weite, den Horizont und den Himmel entdeckt hat und immer wieder neu sieht. In seiner Arbeitsbiografie erwähnt Erben einzelne Stationen, die sich darüber hinaus auf sein künstlerisches Werk auswirken: New York sowie, Jahrzehnte später, Syrien. In New York hält er sich 1967 auf. „Ich entdeckte New York-spezifische Farben, jene Farben also, die in Bezug und auf das Wesen einer Stadt viel essentieller und darum typischer sind als die ‚Zufälligkeit' ihrer topographischen Identifizierbarkeit."[2] Die Metropole in der fernen Welt wirkt für seine Malerei, die sich bislang der Architektur bevorzugt an der urbanen Peripherie und im landschaftlichen Raum zugewandt hat, als Katharsis. Er malt in der Folge Weiß in Weiß in Feldern, die sich in verschiedenen Tönen und Oberflächen umlagern und scharf oder weich aufeinanderstoßen oder sich partiell verfransen.

Über die weißen Bilder gelangt er in mehreren Schritten, die u. a. graue Bilder und ab 1977 farbige monochrome Bilder umfassen, ab 1978 zur Arbeit mit reinen Farben, zunächst mit den farbigen Bildern der „Prima Vista"-Serie, die schon im Titel auf Seherfahrungen verweisen. Mit den „Farben der Erinnerung" (ab 1988) kehrt er zurück zur Geometrie der „Weißen Bilder". Das gilt auch für die Werkgruppe „Wanheimerort". Sie ist 1991/92 im gleichnamigen, von der Schwerindustrie geprägten Duisburger Stadtteil entstanden, wo sich von 1987 bis 1993 sein Atelier in einer ehemaligen Schule befand – mit den Maßen der fünf Bildtafeln reflektiert er die Konstitution des Malers im Verhältnis zum Arbeitsraum.[3]

Eine weitergehende Wirkung haben die Seherfahrungen in Syrien, wohin er 2007 mit seiner Frau, der Schriftstellerin Ingrid Bachér, und Freunden gereist ist. Ich erinnere mich noch an Erbens Enthusiasmus im Atelier in der Kaistraße bei der Erwähnung des dortigen Lichts, der Wüste mit ih-

---

1 U.E., Ausst.-Kat., Zeche Zollverein, Essen 1997

2 U.E., Ausst.-Kat., Wiesbaden 2003, S. 27

rer Weite und ihrem Verlauf, ihrer plötzlichen Differenziertheit der Farben und den Lichtreflexen, aber auch den Farbtönen im urbanen Bereich. Die Werkgruppe „SIRIA", bei der ein kleineres, farblich fein nuanciertes Innenfeld mittig und proportional in einem Hochrechteck steht, hat Ulrich Erben 2010 in seiner Ausstellung im Museum Kurhaus Kleve gezeigt. Roland Mönig vermerkt im Katalog: „Sie sind so weit und so leer wie die syrische Wüste; aber gerade in dieser Leere liegt ihre Fülle. Auf ihnen geschieht nichts – auch nicht in dem Sinne, dass zwischen den Farben, die sie zeigen, spektakuläre Konflikte ausgetragen würden; aber gerade diese vermeintliche Ereignislosigkeit lässt sie zum Ereignis werden."

Aber Erben kehrt an die Orte in Italien und am Niederrhein zurück – wo er zuhause ist – und führt das Arbeiten unter den dortigen Verhältnissen und visuellen Beobachtungen weiter. Denken wir nur an seine gesockelten Leinwandbilder mit Lackfarbe seit den späten 1990er Jahren, die, initiiert von einem Aufenthalt in der Villa Massimo in Rom 1998 und den Erfahrungen in der Umgebung in Bagnoregio, die dort verbliebenen baulichen Artefakte oder Anhöhen und Baumreihen im Ausschnitt abstrahieren. Ingrid Bachér schreibt: „Nicht mehr Schöpfungen aus der Imagination, um eigene Farbwelten zu gestalten, sondern aufgenommen jetzt das, was er sieht, sich dem unterwerfen, hervorheben wie etwas, das er entdeckt hat, was sich ihm darbot und einprägte, nicht zu vergessen die Welt."[4]

Denken wir auch an die aktuellen, erstmals 2019 umfassend im Museum Quadrat in Bottrop präsentierten Gemälde, die die Idee des Horizonts im flachen Land in der Berührung von Atmosphäre und Erdoberfläche – wie Erben es besonders am Niederrhein erlebt – um die Dimension des Lichtes steigern: Es gibt wohl kaum einen Maler, der die landschaftliche Ausdehnung in ihrer Schärfe und der Auflösung von Formen derart intensiv und subtil erforscht und in ihrer Unendlichkeit, im Vorübergehenden und im ewig Bleibenden zum Ausdruck bringt.

Vernetzungen und Impulse in Düsseldorf

Welche Rolle aber nimmt Düsseldorf ein? Erben wurde hier 1940 geboren; seit 1975 lebt und arbeitet er hier. Aber er hat hier nicht studiert und er ist nicht vom hiesigen Milieu geprägt. Zwar wurde er 1980 als Professor für Malerei an die Kunstakademie Düsseldorf berufen, aber er hat an ihrer Außenstelle in Münster gelehrt. Und Szenegänger oder einer, der viel auf Vernissagen anzutreffen ist, ist er ohnehin nicht, auch wenn er die befreundeten Künstlerkollegen im Auge behält, ihre Ausstellungen besucht und darüber hinaus die Kontakte pflegt. Die Landeshauptstadt bietet statt Landschaft eben Kommunikation, Austausch, kurze und schnelle Wege und Erreichbarkeit – Faktoren, die für das Soziale und die Profession unverzichtbar sind.

Aufgewachsen ist Ulrich Erben am Niederrhein. Dort ist sein Vater, der als Kunstkenner Bücher über Picasso, Miró und Chagall veröffentlicht hat, zunächst als Kunsterzieher tätig. 1956 zieht die Familie nach Rom: Der 16-jährige Ulrich Erben saugt dort die Kunstgeschichte und die Kunst auf. Die zeitgenössische Kunst entdeckt er in den Galerien,

---

3   Die fünf Bilder befinden sich heute in einem eigenen Saal im Museum DKM in Duisburg.

4   Ingrid Bachér, Ausst.-Kat.Museum Kurhaus Kleve 2002

so sieht er die erste Ausstellung von Cy Twombly in der Via del Babuino. Das barocke Rom, welches die antike Architektur übertrumpfen wollte, empfindet er als belastend und fordernd – auch deshalb wendet er sich in seinen frühen Zeichnungen der Landschaft mit den dortigen unspektakulären Gebäuden zu: dem eigentlichen Archaischen. Das akademische Studium der Kunst beginnt er in Hamburg, wechselt dann an die Kunstakademien in Urbino und in Venedig, sodann in München und Berlin und hält sich dazwischen immer wieder in Rom auf. Anschließend an einen Zwischenstopp in Salzburg kehren er und Ingrid Bachér, die im Jahr davor geheiratet haben, 1967 an den Niederrhein zurück. Sie lassen sich auf dem Thomashof in Goch nieder. Ein Jahr später wird er im dortigen Atelier die Erfahrungen von New York als Malerei umsetzen. Mit den weißen Bildern erhält er 1971 seine erste für ihn wichtige Einzelausstellung in der „Galerie m" in Bochum. Und er wird zur bilanzierenden Großausstellung „Szene Rhein-Ruhr '72" in den Gruga-Hallen in Essen eingeladen. Künstlerisch geht er einen Schritt weiter: In dem Gang zur Ausstellungshalle realisiert er ein Lichtobjekt mittels Halogenstrahlern, die vor und hinter einem semitransparenten Stoff auf diesen ausgerichtet sind. „Integration und Isolation. Anziehungskraft aufheben. Eine geometrische Form frei im Raum. Mit malerischen Mitteln [...], aber auch Licht. Divergierendes Material zusammen sehen. Das Licht gibt der Fläche seine Position", notiert Erben im Ausstellungskatalog.

Die Resonanz ist da, unter den Künstlern, Kuratoren und Galeristen. Alfred Schmela, mit dem er schon zuvor in Kontakt stand, richtet noch im selben Jahr die erste Düsseldorfer Einzelausstellung aus. Wie Erben berichtet, stießen sowohl das Lichtobjekt als auch die Malerei auf großes Interesse. Neben weiteren Galerieausstellungen in diesen Jahren in Amsterdam, Brescia, Turin, London und Wien, hat er in Düsseldorf schon im Jahr darauf den nächsten Auftritt, auf der interna-

Lichtobjekt, 1972
300 × 500 cm
Ausstellung "Szene Rhein – Ruhr 72"
Museum Folkwang Essen

tionalen Ausstellung „Prospekt" in der Kunsthalle am Grabbeplatz. Auch erhält er im Kölnischen Kunstverein seine erste institutionelle Einzelausstellung. 1974 folgt die Teilnahme bei „Geplante Malerei" im Westfälischen Kunstverein Münster und spätestens damit ist er in der Kunstszene etabliert. Über die Galerie „art in progress", die als Dependance der Münchner Hauptgalerie in Düsseldorf von Heiner Hepper geleitet wird, erhält er erstmals einen Galerievertrag, der ihm und seiner Familie finanzielle Sicherheit bietet.

Es ist also konsequent, dass Ulrich Erben und Ingrid Bachér in die Landeshauptstadt ziehen (auch Köln war in der Überlegung), die ihm längst vertraut ist. Bereits 1963 hatte er sich für einige Monate in Kaiserswerth aufgehalten, um sich bei der Firma Derix im Umgang der Malerei mit Glas weiterzubilden – der ersten Adresse in dieser Disziplin. Das Wochenende habe er während dieser Zeit genutzt, um Ausstellungen in der Innenstadt zu sehen, erinnert sich Erben.

Atelier und Wohnung befinden sich zunächst, 1975, in einem Gebäude an der Duisburger Straße, das zuvor als Maler- und Anstreicher-Geschäft genutzt wurde. Eine große Qualität ist die Höhe, ein Nachteil ist, dass man durch das Atelier in die Wohnung gehen muss. 1978 zieht die Familie an die Niederrheinstraße. In der Stadt der stilbildenden Künstlergruppe ZERO ist er – bei allen deutlichen Unterschieden zu dieser – gut aufgehoben. Erwin Heerich, der ihm im künstlerischen Denken verwandt ist, kannte er bereits über die Brüder van der Grinten. Er befreundet sich mit Lutz Mommartz, dessen Filme er bereits in Oberhausen und im Künstlerverein Malkasten gesehen hatte und der sein Kollege an der Kunstakademie in Münster ist, ebenso wie drei andere Freunde, Paul Isenrath,

Helmut Schweizer sowie Bernd Minnich. Und noch einen Künstler hebt Ulrich Erben im Gespräch hervor: Reiner Ruthenbeck, mit dem er gleichzeitig nach Münster berufen wurde. Er besucht die Ausstellungen in den öffentlichen Kunstinstituten und in den Galerien, besonders von Alfred Schmela sowie dann von Konrad Fischer, der die für Erben so interessanten US-Amerikaner Brice Marden, Robert Mangold und Ryman vertritt. Mit seinen eigenen Ausstellungen nimmt er am Diskurs teil – bis heute sind seine jeweiligen Werkphasen regelmäßig in Düsseldorf zu sehen. Nachdem er im Anschluss an „art in progress" ab 1984 und bis zur Schließung vor wenigen Jahren durch die Galerie von Hans Strelow in Oberkassel vertreten war, hat er in jüngster Zeit in der Galerie Sies + Höke ausgestellt, die in der ehemaligen Galerie von Hubertus Schoeller untergebracht ist. Auch waren seine Bilder in der einstigen, von Aldo van Eyck errichteten Schmela-Galerie in der Mutter-Ey-Straße zu sehen: bei Hans Mayer. „Ulrich Erben kehrt nach einem knappen halben Jahrhundert ins Schmela-Haus zurück", hat die Rheinische Post dazu geschrieben (22.10.2021).

Und die öffentlichen Institute vom Grabbeplatz bis zum Ehrenhof? Bereits 1990 hat der Kunstverein für die Rheinlande und Westfalen, kuratiert von Jiri Svestka, aktuelle Werke in einer Ausstellungsinstallation gezeigt. 2016 hat Gabriele Henkel die von ihr zusammengetragene Sammlung Henkel in der Kunstsammlung Nordrhein-Westfalen vorgestellt, mit seinen Werken. Auch danach wurden seine Gemälde, die vom Landesinstitut noch in jüngerer Zeit erworben wurden, dort ausgestellt. Über die Sammlung von Willy Kemp sind seine Gemälde darüber hinaus von Zeit zu Zeit im Kunstpalast – dem Kunstmuseum im Ehrenhof – zu sehen.

Monochromes im Hörsaal, Spiegelbänder im Gericht

Aber es gibt in der Landeshauptstadt auch Werke auf Dauer zu sehen, als „Kunst am (öffentlichen) Bau". Erben geht dabei nicht nur auf die Architektur ein, sondern auch auf den Gebrauch der Gebäude. Sein künstlerischer Beitrag für den Gerichtssaal des Oberlandesgerichts am Kapellweg, der 2002-2004 errichtet wurde, steigert das Licht und die Weite und versinnbildlicht die hier ausgetragenen, aufeinander aufbauenden Diskurse. An der Holzvertäfelung über den Köpfen einsetzend, verlaufen rundum mit Abstand zueinander vier horizontale Spiegelbänder. Während an drei Wandseiten durchgehende Fensterreihen das Gebäude in der Höhe beschließen, befindet sich an der Stirnseite, dort wo das Gericht das Urteil spricht, ein Fries aus versetzt aufeinanderliegenden Rot-, Grau-, Gelb- und Braunfeldern.

Einen weiteren Beitrag hat Erben 2006, ermöglicht durch Rolf Schwarz-Schütte, für den Konrad-Henkel-Hörsaal der Heinrich-Heine-Universität geschaffen – und kommt hier wieder ganz auf die Malerei zurück. Der größte Vortragssaal der Universität steht auch für öffentliche Veranstaltungen zur Verfügung. Im Unterschied zur Situation am Oberlandesgericht bestand dieser Hörsaal bereits, als die Einladung an Ulrich Erben erfolgte. Auch hierzu sei er selbst zitiert: „Hören, Sehen und Denken haben in dem großen Saal Priorität. Wie lässt sich dort etwas Zweckfreies entwickeln? Das war die erste Frage, die ich mir stellte."[5] Erben hat für diesen Ort sechs gleich große hochformatige Gemälde mit monochromen Flächen aus Au-ßen- und Innenfeld mit gegenseitigen farblichen Referenzen gemalt. Jeweils drei hängen nebeneinander an der linken und an der rechten Seite, und zwar einander gegenüber: die „Tageszeiten" und die „Nachtzeiten". Indem sich die Tafeln gerade nicht im Zentrum, dort wo die Vorträge stattfinden, befinden und in ihrer horizontalen Linearität die gestufte Wandvertäfelung aufgreifen, sind sie in die Architektur integriert und heben sich mit ihrer matt leuchtenden Farbigkeit doch von dieser ab. Sie fordern für sich weder Aufmerksamkeit ein, noch verlangen sie überhaupt gesehen zu werden. Konzentriertheit und Bescheidenheit gehen eine selbstbewusste Einheit ein. Wie im Oberlandesgericht zelebriert Erben mit seinen Werken Zurückhaltung, zu verstehen als Angebot. Wer sich auf seine Kunst einlässt, wird mit Seherlebnissen belohnt.

Natürlich ist Ulrich Erben, der ebenso im Ausland gefragt ist, in den Anthologien und Bildbänden zur Kunst in Düsseldorf vertreten; Fotografen wie Bernd Jansen, Benjamin Katz und Erika Kiffl haben ihn porträtiert. Dabei passiert hier, in und außerhalb der Kunstszene, das Leben und Arbeiten ganz unspektakulär, ganz normal – vielleicht ist ja auch das eine Qualität der Künstlerstadt Düsseldorf, in der die Künstler eben kein Sonderfall sind. Und so kann es, wie im vergangenen Jahr, passieren, dass man beim Bücherbummel auf der Kö plötzlich auf Ingrid und Ulrich trifft und der Street Art-Pionier Klaus Klinger dazu stößt – der sich ebenfalls bei der Obdachlosen-Zeitung *fiftyfifty* engagiert – und zwar zwischen Büchern, die wir alle so sehr schätzen.

---

5 Broschüre Konrad-Henkel-Saal, Düsseldorf 2006

Tageszeiten, 2006
Acryl und Pigment auf
Leinwand.
Konrad-Henkel-Hörsaal,
Heinrich-Heine-Universität,
Düsseldorf

Nachtzeiten, 2006
Acryl und Pigment auf
Leinwand.
Konrad-Henkel-Hörsaal,
Heinrich-Heine-Universität,
Düsseldorf

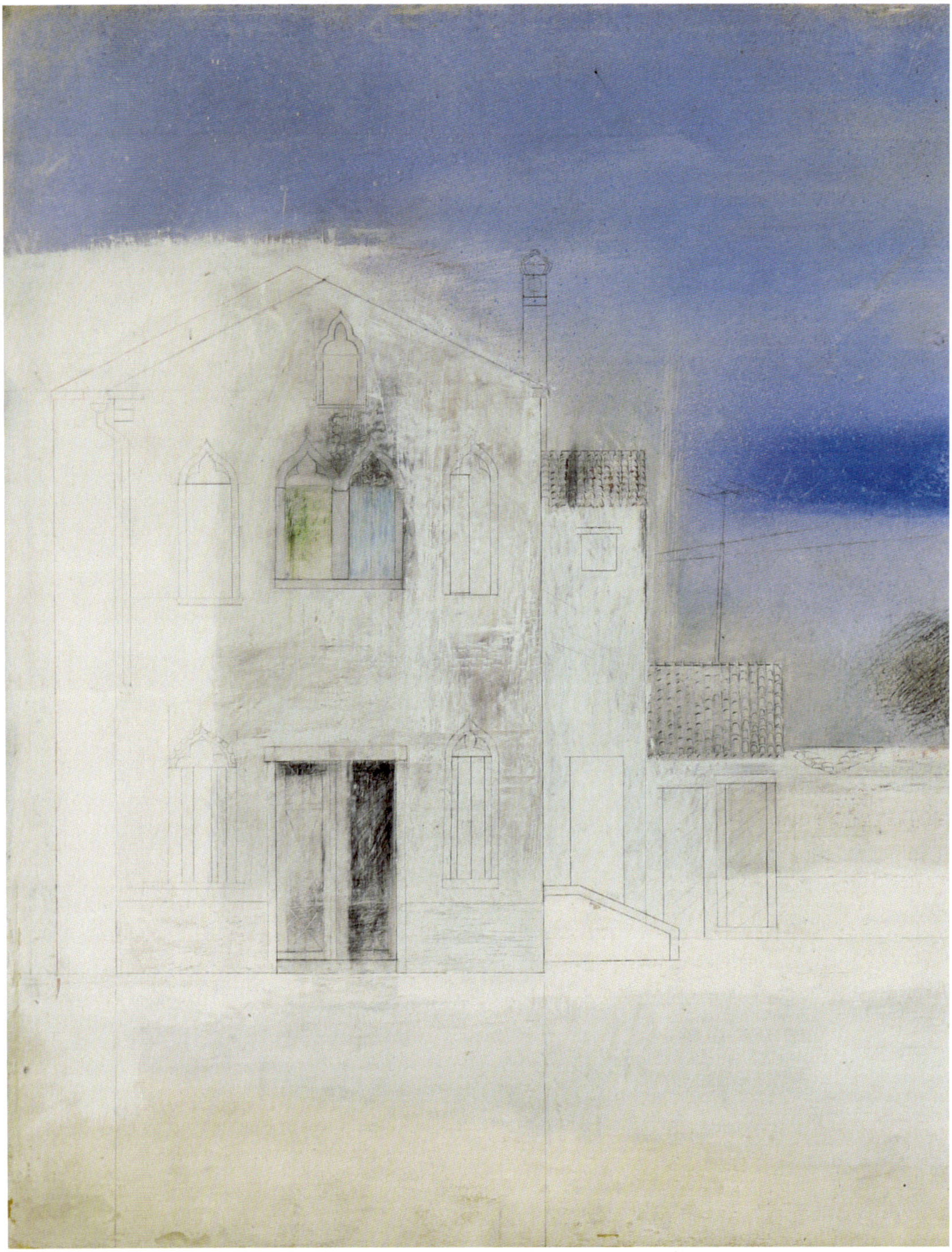

Enno Stahl

„So vieles geschieht gleichzeitig …"

Magischer Realismus in Ingrid Bachérs Frühwerk

Beim Begriff „Magischer Realismus" denkt man zunächst an Autoren wie den Kolumbianer Gabriel García Márquez (1927-2014) und seine „Hundert Jahre Einsamkeit" (1967) oder an die weniger massentauglichen, verrätselten Romane Julio Cortazars (1914-1984) wie „Rayuela" (1963) oder „Libro de Manuel" (1973). Als eigentlicher Ausgangspunkt für diese typisch südamerikanische Art des Erzählens, die alltägliche Wirklichkeit mit Elementen des Wunderbaren und Surrealen zu infiltrieren, gelten aber Autoren wie Alejo Carpentier (1904-1980, Miguel Ángel Asturias (1899-1974) und Arturo Uslar Pietri (1906-2001), der, auch als Literaturwissenschaftler tätig, 1948 in seinem Aufsatz „El criollo en la literatura" (dtsch. „Das Kreolische in der Literatur")[1] zwar nicht den Terminus „realismo mágico" selbst prägte, aber doch Realismus und Magie erstmalig in Zusammenhang brachte. Denn er beschrieb die Literatur der Indigenen, der er eine andere Wirklichkeitswahrnehmung attestierte, als einen „urtümlichen Realismus" („realismo de primitivo") – sie sei „una literatura de símbolos y de arquetipos. El mal y el bien luchan con fórmulas mágicas." („Sie ist eine Literatur der Symbole und Archetypen. Das Böse und das Gute kämpfen gegeneinander mit magischen Formeln.", Übers. E.S.)[2] Insofern fließen Übernatürliches, Fantastisches, Bedrohliches wie Mythisches in solche Literatur ein, oft gespeist aus der Bilder- und Erlebniswelt animistischer Naturreligionen.

Im Gefolge des Lateinamerika-Booms in den 1960er Jahren wurden auch Vorläufer wie der Mexikaner Juan Rulfo mit seinem Roman „Pedro Páramo" aus dem Jahr 1955 wiederentdeckt, in dem die Stimmen der Toten zu den Lebendigen sprechen. Ihn hatte Ingrid Bachér übrigens in den 1960er Jahren in Berlin kennengelernt, anlässlich eines Kongresses, der deutsche und südamerikanische Autorinnen und Autoren zusammenbringen sollte. Sie erinnert sich, wie verloren er damals in der Mauerstadt war, mehr noch, er sei, so Bachér, beunruhigt und verängstigt gewesen angesichts des Todesstreifens, er habe wohl die Dämonen der Geschichte gespürt – so sehr, dass er nicht bleiben mochte, die Stadt schon vor Beginn des Kongresses wieder verließ.[3]

Jahre vorher, als noch niemand in Deutschland von lateinamerikanischer Literatur sprach, geschweige denn von „Magischem Realismus", als auch Bachér selbst die einschlägigen Werke und Autoren noch gar nicht kannte, veröffentlichte sie erstaunlicherweise zwei Bücher, die denselben Geist zu atmen scheinen. Ihre ersten beiden Romane „Lasse Lar" (1958) und „Schöner Vogel Quetzal" (1959) sind unmittelbar Resultate ausgedehnter Reisen, die Bachér Mitte der 1950er Jahre unternahm. Auf Frachtschiffen fuhr sie nach Finnland, nach Süd- und Mittelamerika sowie in die Karibik, kannte also die Schauplätze dieser beiden Bücher aus unmittelbarer Anschauung.

Isola S.F., 1962
Mischtechnik auf Karton
70 × 100 cm
Privatsammlung
Ausschnitt

1 Hier zum Beispiel im spanischen Original abrufbar: https://eldienteroto.org/wp49/lo-criollo-en-la-literatura/

2 Ebd.

3 Geäußert im Gespräch mit dem Verfasser am 31.1.2023

In dem Jugendbuch „Lasse Lar oder Die Kinderinsel" ist es eine finnische Schäre, wo die vier Geschwister Mona, Maja, Olle und Aarne ihren Urlaub allein ohne die Eltern verbringen. Ein Sturm kappt ihre Verbindung zum Festland,

> *„Als das Schiff von der Insel abstieß, löste es sie auch von ihrer Kinderzeit; die blieb vielleicht auf der Insel zurück."*

sie sind auf sich allein gestellt. In dieser leicht bedrohlichen Situation erhalten sie geheimnisvollen Besuch: den Jungen Lasse Lar. Er sagt nicht, woher er kommt, aber mit ihm bricht das Übernatürliche ein in die Wirklichkeit der Kinder. Er erzählt Geschichten, die urplötzlich real werden. Ein Geisterschiff taucht auf und kapert die Kinder, darauf sind seltsame Verdammte, die sich irgendwelcher Vergehen schuldig gemacht haben und nun, dürstend nach Wasser, auf ewig dahinsegeln. Die Kinder sehen sich in einer prekären Situation, doch ihnen gelingt die Flucht in einem Rettungsboot. Federleicht springt die Erzählung zurück in die gewöhnliche Welt: Fantasie und Alltagsrealität stehen gleichberechtigt nebeneinander. Die Geschwister wissen gar nicht mehr, ob sie alles nur geträumt oder tatsächlich erlebt haben.
Zwei zunächst feindlich gesinnte Fischerjungen, Ahti und Tauno, stoßen zu der Gruppe, Lasse Lar integriert sie beiläufig. Die beiden unterscheiden sich von den Stadtkindern Mona, Maja, Olle und Aarne. Sie leben ganzjährig auf der Insel und kennen die Armut. Und wieder betört Lasse Lar sie alle mit einer Geschichte, die sie umgehend in eine tranceartige Parallelwelt versetzt. Bachérs Sprache wird hier geradezu halluzinogen, denn das Meer verwandelt sich, es verschwindet: „Das Wasser, auf das Lasse Lar zeigte, schien seinen erdigen Grund nach oben gehoben zu haben. Überall schimmerte er hervor, und Fische bohrten sich erschrocken kopfüber in den sandigen Boden. Darauf aber wuchs immer dichter und dichter blaues Korn, es wogte hin und her, als seien die Wellen selbst Korn geworden, überreif mit langen Ähren."[4] Die lebendigen Toten stehen nun auf – es sind Feldarbeiter, die, munter gestimmt, beginnen, das Korn zu ernten. Kinder spielen und tanzen um die Wagen. Die beiden Fischerjungen Ahti und Tauno stürzen hinzu, tanzen mit, denn: „Sie verstanden ohne zu fragen den Gesang der Armen."[5] Das zeigt, wie verdichtet die Textur dieser schmalen Erzählung ist, ein einziger Satz reicht aus, um eine soziale Komponente ins Spiel zu bringen.
Die Kinder klettern auf einen Leiterwagen, als dieser sich plötzlich in die Lüfte erhebt. Nun betrachten sie alles in der Aufsicht, Finnland im Überblick, und es wird klar, die Erntesituation, die sie erlebt haben, ist eine untergegangene Welt, Karelien. Die Kinder beobachten, wie die Menschen im Russisch-Finnischen Winterkrieg aus ihrer Heimat vertrieben werden. Sie entdecken einen Jungen, eine Waise, der zwischen den Fronten umherirrt und erschossen wird. Die Erzählung ist, das wird hier ganz klar, nicht nur

---

[4] Ingrid Bachér: Lasse Lar oder Die Kinderinsel, Frankfurt/M.: Insel Verlag 1958, S. 48.

[5] Ebd., S. 50.

ein „Jugendbuch". Bei aller Magie, die Lasse Lar heraufbeschwört, bricht doch der Realismus ein in diese verzauberten Welten. Lasse Lar, den nur Kinder sehen können, nicht die Erwachsenen, sagt vieldeutig: „So vieles geschieht gleichzeitig (...), es ist so schwierig, es zu begreifen."

Das könnte geradezu ein Motto sein für die eigenartige Erzählstimmung dieses Textes, in dem alles möglich scheint, gleichzeitig, das Gute und das Schlechte. Im dritten und letzten Ausflug nimmt Lasse Lar die Kinder mit auf den Grund des Meeres, wo man mit magischen Brillen entlanglaufen kann, die einem die Seelen der Schlafenden zeigen. Die bewegen auch noch die größten Felsen. Am Ende holen die Eltern die Kinder ab und finden sie gereift, um ein tiefes, inneres Wissen reicher. Die Älteste, die sechzehnjährige Mona, erkennt mit einem Mal, dass sie erwachsen geworden ist, ohne dass sie es gemerkt hat: „Als das Schiff von der Insel abstieß, löste es sie auch von ihrer Kinderzeit; die blieb vielleicht auf der Insel zurück. Vielleicht aber hatte sie auch der fremde Junge mitgenommen, möglich, daß er die Kindheiten der Leute sammelte wie andere die Marken von Briefen."[6] Und auch die Jüngeren ahnen, „daß nichts wieder so sein konnte, wie es gewesen war, und daß die Zeit, in der Lasse Lar sie besuchte, für immer vorbei war."[7] Doch kann man davon ausgehen, dass die Erlebnisse, die sie mit Lasse Lar teilten, sie geprägt haben, als unvergessliche Erinnerung an das Reich der Fantasie und der Möglichkeiten.

Das Buch erweist sich als ein Plädoyer für die kindliche Vorstellungskraft, die – ähnlich wie das mythische Denken indigener Völker – noch einen Direktbezug zu alternativen Realitäten oder Paralleluniversen stiftet. Darüber hinaus demonstriert es aber auch eine ursprüngliche soziale Ordnungskraft, die Kinder, anders als die von gesellschaftlichem Zwang geprägten Erwachsenen, intuitiv in Gang setzen können.

Gerade sprachlich gelingt hier eine Verdichtung, die nur als äußerst kunstvoll zu bezeichnen ist.

Nicht nur durch den Handlungsort Guatemala, sondern auch durch seine Inhalte erscheint Bachérs zweites Buch, der kurze Roman „Schöner Vogel Quetzal", noch mehr als ein authentisches Werk des magischen Realismus. Es ist von einer eindringlichen, mysteriösen Schönheit. Der deutsche Geologe Rico strandet mit seinem Jeep in der Nähe eines Indianderdorfes, wo er die Bekanntschaft mit der geheimnisvollen Xochil macht, die anscheinend eine Inkarnation des Vogel Quetzal aus einer alten Indianerlegende ist.

Dieses Tier stirbt und verschwindet, sobald es gefangen wird. Xochil übt eine eigenartige Anziehungskraft auf Rico aus, den aber auch die Ideenwelt der Indios mit fremden Ritualen und Geistervorstellungen mehr und mehr gefangen nimmt. Xochils Mutter, die gerade einen kleinen Bruder Xochils geboren hat, stirbt im Kindbett – kurz zuvor hatte Rico den Raum betreten, durch den Luftzug erloschen die Kerzen. Die Indios,

---

6 Ebd., S. 86.

7 Ebd.

allen voran der Zauberer des Dorfes, machen nun Rico für diesen Tod verantwortlich, dichten ihm den bösen Blick an.

Nur Xochil, die bei Nonnen groß geworden ist, scheint das nicht zu glauben. Rico besucht mit ihr einen großen Indianermarkt, wohin ihr eben geborener, kleiner Bruder von Stammesgenossen entführt wurde, um ihn dort nach altem Brauch zu taufen. Rico trifft dort einige deutsche Bekannte und hört, dass seine Freundin Cita aus Caracas im Camp, wo er arbeitet, auf ihn wartet. Eigentlich will er also mit den Deutschen im Auto dorthin fahren und die Geschehnisse der letzten zwei Tage hinter sich lassen. Dann aber sieht er Xochil, die, ihren Babybruder auf dem Arm, mit einem Maulesel auf ihn wartet – er geht mit ihr.

Rico fühlt sich auf unerklärliche Weise an sie gebunden – mit seinem ganzen Leben. Er verbringt eine magische Nacht mit ihr, in der er träumt, sie reiße ihm das Herz aus und pflanze es wieder ein (übrigens eine klassische Vorstellung, wie sie Schamanen in den Halluzinationsträumen ihrer Initiation erleben[8]).

Am frühen Morgen verlässt Xochil ihn und Rico fürchtet, von den anderen Indianern wegen des bösen Zaubers, dessen sie ihn bezichtigen, vergiftet worden zu sein: „Todesangst befiel ihn, und aus der Erde schienen alle zu kommen, die je geängstigt waren, mit denen niemand Erbarmen gefunden hatte. Sie bildeten aus ihrer Angst Tiere und begleiteten sie, wurden gejagt und jagten selbst, und alle setzten sich um den Mann, der Angst hatte und sein Blut in sich fühlte."[9]

Rico flieht zurück in die Zivilisation, zum rational-technischen Denken, das Zauber und Dämonen ablehnt: „Und er sprang auf, setzte sich in den Jeep, drückte hart den Anlasser herein und ließ den Motor aufheulen, obwohl das defekte Getriebe ihn hinderte zu fahren. Er blendete auf und ab, um sich der Technik zu vergewissern."[10] Er schüttelt ab, was ihn zwei Tage und zwei Nächte in Bann gezogen hat, kehrt zurück zu westlicher Nutz- und

Beide Bücher aber tragen diese Spuren von Zauber und Übersinnlichem, sie stehen damit ganz allein in der damals zeitgenössischen deutschen Literatur, die weitgehend noch mit Vergangenheitsbewältigung beschäftigt war.

Zweckorientierung – von einer Bergspitze sieht er einen großen Waldbrand viele Kilometer weit weg: „Jammerschade, dachte er, die Leute sind nicht fähig dazu, dieses schöne Land zu beherrschen. Da brennen sie wieder uralten Wald ab, weil sie ein winziges Stück Neuland zum Maisbauen haben wollen. – Was kommt dabei heraus, fuhr er in

---

8 Vgl. dazu: Mircea Eliade: Schamanismus und archaische Ekstasetechnik, Zürich: Rascher 1957, passim.

9 Ingrid Bachér: Schöner Vogel Quetzal, Wiesbaden: Insel 1959, S. 113.

10 Ebd., S. 113/114.

seinen Gedanken fort, nichts als steiniger Boden, agrarpolitisch völlig uninteressant."[11] Die Welt der Indigenen, die vorher so geheimnisbehaftet war und ihn mit düster-dämonischer Mystik ebenso fasziniert wie beunruhigt hatte, wird auf das (aus seiner Sicht) normale Maß zurückgestutzt, das naiv-unkluge Verhalten von Menschen, denen die Erkenntnisse der Wissenschaft fremd sind.

Er trifft Xochil noch einmal wieder, als er den defekten Jeep abholt. Doch sie hat sich völlig verändert, ist allen Zaubers bar, sie hat sich entschlossen, einen Stammesgenossen zu heiraten: „Xochil schien jetzt eine gewisse Ähnlichkeit mit der Frau des Alcalden zu haben. Sie war ihr verwandter als dem Mädchen, dem von Anbeginn Ricos Liebe gehört hatte. Sie schien dieses Mädchen getötet zu haben, um am Leben bleiben zu können."[12] Der Vogel Quetzal ist verschwunden, geblieben ist nur seine Hülle.

Ein kleines Meisterstück ist dieser Roman, atmosphärisch komprimiert, er verdiente eine Neuausgabe dringend. Gerade sprachlich gelingt hier eine Verdichtung, die nur als äußerst kunstvoll zu bezeichnen ist. Die Dialektik zwischen mythischem Raum und westlicher Rationalität, die sich hier u.a. auch in Ricos Erinnerungen an seine ganz prosaische Heimat, Castrop im Ruhrgebiet, manifestiert, markiert eine Sonderstellung dieser Erzählweise. Denn sie bietet beides, den magischen Realismus auf der einen Seite und unsere ungeschönte Wirklichkeit auf der anderen. Thema ist das Spannungsverhältnis zwischen beiden. Und dies gilt ohne Abstriche auch für die ansonsten etwas anders geartete Erzählung „Lasse Lar".

Beide Bücher aber tragen diese Spuren von Zauber und Übersinnlichem, sie stehen damit ganz allein in der damals zeitgenössischen deutschen Literatur, die weitgehend noch mit Vergangenheitsbewältigung beschäftigt war. Man kann ihnen Zeitlosigkeit bescheinigen. Sie sind heute so frisch wie bei ihrem Erscheinen: Weder die Sprache ist gealtert, noch die Form. Gleiches gilt für die Inhalte, denn die sind ewig: Es gibt, so verkünden diese beiden Erzählungen im Grunde, „viel mehr Ding' zwischen Himmel und Erde, als unsere Schulweisheit sich träumt." Das stimmt heute noch wie auch in Zukunft.

Ingrid Bachér:
Lasse Lar oder Die Kinderinsel, Frankfurt/M.: Insel Verlag 1958

---

11 Ebd., S. 114.

12 Ebd., S. 124.

Lothar Schröder

Das Schweigen der Nachkriegsjahre

Gedanken zu Ingrid Bachérs Roman
„Robert oder Das Ausweichen in Falschmeldungen" von 1965

„Habent sua fata libelli." Bücher haben ihre Schicksale. Dieser Satz, der auf den antiken Grammatiker Terentianus Maurus zurückgehen soll, ist ein dankbares, geflügeltes Wort. Ist vielfach anwendbar und in der einen oder anderen Form oft zutreffend. Erst recht auf den Roman „Robert oder Das Ausweichen in Falschmeldungen", der 1965 geschrieben und vom damaligen Verleger Siegfried Unseld abgelehnt wurde, und der nach den Worten Ingrid Bachérs daraufhin in irgendeiner Kiste verschwunden und schließlich komplett in Vergessenheit geraten war. Verstehen kann man das nur schwer, allenfalls lässt es sich erklären mit den besonders ereignisreichen Umständen im Leben der Schriftstellerin zu dieser Zeit: Sie hatte ein zweites Mal geheiratet, ihr erster Sohn wurde geboren; sie war von Rom nach Salzburg gezogen und von dort an den Niederrhein übergesiedelt. So blieb das Romanmanuskript zumindest gedanklich verschollen, wanderte unbedacht mit dem Vorlass ins Archiv des Düsseldorfer Heinrich-Heine-Instituts, wurde dort 2017 auch zur Überraschung der Autorin entdeckt und zwei Jahre später veröffentlicht.

Habent fata sua libelli? Schicksal klingt immer ein wenig nach Bestimmung, nach dem Obwalten womöglich höherer Mächte. Dies aber wäre fatal für das Motiv eines Buches, das um Sprachlosigkeit kreist, um Verdrängen, Verschweigen, Lügen und Vertuschen. Nichts davon ist Schicksal oder Fügung, alles hingegen ein Handeln, das in der Verantwortung des Menschen liegt.

Der Inhalt des gerade einmal 132 Seiten zählenden Romans grob skizziert: Im Mittelpunkt steht der Titelheld Robert, 28-jähriger Journalist, der gemeinsam mit seiner Schwester und seinen Eltern in Berlin lebt und haufenweise Falschmeldungen produziert. So konstruiert er sich seine Welt, seine Freiheit. Diesem erkenntnistheoretischen (aber nicht medienkritischen) Motiv stellt Bachér ein scheinbar kriminalistisches Element gegenüber: Ein Wohnungsnachbar wird ermordet, ein Freund des Vaters und alter „Kriegskamerad" damals in Wilsbach. Dort hatte sich im Winter 1944 ein Deserteur in der Scheune versteckt, war entdeckt und vom Vater weggeführt worden. Ungeklärt bleibt die Frage nach einer möglichen Schuld; ungeklärt bleibt auch der Streit, den Roberts Vater mit dem Nachbarn am Abend vor dessen Ermordung lautstark austrug. Ungeklärt bleibt schließlich der Inhalt sogenannter blauer Hefte, die der Vater aus der Nachbarswohnung mitbrachte und einen Tag später daheim vernichtete.

Ein dröhnendes Schweigen legt sich über die gesamte Handlung. So viele Ungewissheiten türmen sich auf, die zwischen den Menschen stehen und nicht zur Sprache kommen.

Die kriminelle Tat bleibt unaufgeklärt und muss es in der Logik der Geschichte und ihrer Zeitumstände auch bleiben. Das geschieht nicht allein in Abgrenzung zur traditionellen Detektivgeschichte, bei der mit Verstand und kombinatorischen Fähigkeiten Rätsel gelöst, Täter überführt und bestraft werden. Die Entschlüsselung der Welt spiegelte vor allem die ungebrochene Fortschrittsgläubigkeit des 19. Jahrhunderts wider. Eine solche Gewissheit aber war mentalgeschichtlich im verunsicherten 20. Jahrhundert mit all seinen Katastrophen passé. In der späteren Nachkriegszeit flammte zwar der berechtigte Anspruch auf, Vergangenheit zu rekonstruieren, Täter endlich zu stellen und Verantwortung einzuklagen, damit den

Ein dröhnendes Schweigen legt sich über die gesamte Handlung. So viele Ungewissheiten türmen sich auf, die zwischen den Menschen stehen und nicht zur Sprache kommen.

Opfern Gerechtigkeit widerfahren und perspektivisch Menschheitsverbrechen vorgebeugt werden könne. Doch bleibt in Ingrid Bachérs Roman die Kriegsschuld des Vaters ein diffuser Verdacht. Selbst die Ermittlungsbehörden treten kaum als mehr denn Schemen auf.

Das macht die Geschichte bedrohlich. In ihr rumort es. Und sie findet in Robert den Vertreter einer jungen Generation, der als Journalist zwar ausgewiesen sprachfähig ist, der dennoch keine Worte findet, keinen Zugang zur Wahrheit. Seine erfundenen Geschichten – die sogenannten Falschmeldungen – sind weder ein Protest noch das Zeichen einer vermeintlich zynischen Haltung. Sie sind vielmehr Zeugnisse eines wortreichen Schweigens, sind Dokumente eigener Sprachunfähigkeit und Machtlosigkeit. Wenn nach Ludwig Wittgenstein „die Grenzen meiner Sprache (...) die Grenzen meiner Welt"[1] bedeuten, dann markieren solche Sprachverluste immer auch Weltverluste. Robert ist kein Einzelfall. Die deutschen Nachkriegsromane kennen weit über die Zeit der sogenannten Kahlschlagliteratur hinaus etliche Figuren, denen Sprache und mit ihr die Welt schwierig wird. Zu ihren prominenten Vertretern zählen etwa der Künstler Hans Schnier in Heinrich Bölls „Ansichten eines Clowns" (1963) oder in Wolfgang Koeppens Romanen „Tauben im Gras" (1951) und „Das Treibhaus" (1953) der einstige Journalist und Politiker Felix Keetenheuve sowie der Schriftsteller Philipp. Ingrid Bachérs Roman „Robert oder Das Ausweichen in Falschmeldungen" entsteht an einer Art Wendepunkt zumindest bundesrepublikanischer Zeitgeschichte. Es ist die Zeit der Auschwitzprozesse (1963 bis 1968) und somit eine Zeit erster juristischer Aufarbeitungsversuche. „Die Realität der Vergangenheit holte uns ein und auch die Warnungen für die Zukunft"[2] , sagt Ingrid Bachér im Interview, das dem Roman in der Ausgabe der Erstveröffentlichung angehängt ist. Robert ist in diesem Kontext im wahrsten Sinne ein Kind seiner Zeit, vor allem seiner Generation. Für Bachér sind seine Falschmeldungen „Versuche, sich vom Vorgesagten, Festgelegten, immer schon Behaupteten und nie Erfüllten zu befreien".[3] Roberts Schreiben ist Widerstand, ist der Versuch, das, was als Gegenwart wahrgenommen wird, zu durchkreuzen. Seinen Falschmeldungen wohnt der Impuls der Aufklärung inne, ohne selbst aufklärerisch sein zu können. Und streng genommen ist der lange und zudem auffallend komplizierte Romantitel ein doppelter Titel, gekennzeichnet durch die Großschreibung mitten in der Zeile. Ist es ein Roman über „Robert" – oder über „Das Ausweichen in Falschmeldungen"? Es hat etwas irritierend Unentschiedenes, Unfertiges und wirkt wie die Anordnung zu einem Experiment, dessen Ausgang noch nicht klar ist.

---

1 Ludwig Wittgenstein: Tractatus logico-philosophicus, Werkausgabe Band 1, Frankfurt a. M.: Suhrkamp 1984; Satz 5.6 S. 67.

2 Ingrid Bachér: Robert oder Das Ausweichen in Falschmeldungen, Münster: LIT Verlag 2019, S. 148.

3 Ebd., S. 149.

Nur ein Jahr vor der Fertigstellung des Manuskripts veröffentlicht Ingrid Bachér im Insel-Verlag 1964 den Roman „Ich und ich". Es ist die Geschichte zweier Frauen, von Ruth, die in Kriegszeiten blieb, und Lena, die fliehen musste und nach Kriegsende zurückkehrt. Die einstigen Kinder der Verfolger und Verfolgten finden keine gemeinsame Sprache; verharren in der Unfähigkeit über das zu sprechen, was geschah. Bis zum Tod Lenas. Das Buch schließt mit Ruths Worten: „Dieses eine Mal hätte ich gerne noch eine Antwort von ihr."[4] Während der Roman ein Jahr später nicht weniger ratlos endet mit Robert, der bei seinem Vater sitzt: „Robert saß dabei und hörte nicht mehr zu."[5] Eine sprachlos gewordene Generation in einer verständnislosen Gesellschaft. Es mangelt ihr keineswegs an Worten; es mangelt ihr an der Bereitschaft zum echten Dialog, der mehr meint als hören und gehört zu werden. Vielmehr geht es um Verständigung, Aufklärung, Einsicht, Begreifen. Dass dieser Roman mehr als ein halbes Jahrhundert nach der Niederschrift erstmals seine Leser findet, ist mehr als eine weitere antiquarische Pointe in der an Schicksalen reichen Rezeptionsgeschichte der Bücher. Denn es liegt in der Autonomie jedes Lesers, die Fragen Roberts auch an uns und unsere Gegenwart zu richten.

Es ist bezeichnend, dass die eingangs zitierte Sentenz vom Schicksal der Bücher nur in dieser Kurzform zum geflügelten Wort wurde. Das längere Originalzitat ist für den Roman von Ingrid Bachér viel sinnfälliger; es lautet:

„Pro captu lectoris habent sua fata libelli."

Je nach Auffassungsgabe des Lesers haben die Büchlein ihre Schicksale.

Ingrid Bachér: Robert oder Das Ausweichen in Falschmeldungen, Münster: LIT Verlag 2019

Ingrid Bachér: Ich und ich, Frankfurt a.M.: Insel-Verlag 1964

---

4 Ingrid Bachér: Ich und ich, Frankfurt a.M.: Insel-Verlag 1964, S. 118.
5 Bachér 2019, S. 132.

Jörg Sundermeier

Liebe, die Vernunft besiegt

Ingrid Bachérs Roman „Das Paar"

Ingrid Bachér war in ihrem 50. Lebensjahr, als ihr Roman „Das Paar" im Hamburger Verlag Hoffmann und Campe erschien. Das Motto des Buches ist Hölderlins „Hyperion" entlehnt, darin heißt es „Es ist unmöglich, und mein innerstes Leben empört sich, wenn ich denken will, als verlören wir uns (...) Aber ich denke, was sich gleich ist, findet sich bald." Und auf dem Cover der Erstausgabe sieht man eine Szene aus dem Ballett „Arien" von Pina Bausch, ein Mann liegt, lang ausgestreckt, auf dem Boden, halb auf ihm, halb neben ihm liegt eine Frau, beide spiegeln sich auf dem glatten Bühnenboten. Die Szenerie hat etwas Zartes, zugleich aber sieht man: der Boden ist hart.

Auch der Boden, auf dem die Beziehung des titelgebenden Paares aus dem Roman aufschlägt, ist hart. Im ersten Satz erfahren wir, dass „er" die Icherzählerin nicht zurückgerufen habe. Denn: „Seine Worte hatten sich von seinem Willen gelöst." „Er", das ist Martin, und Martin hatte einen Unfall. Nun liegt er im Krankenhaus, mit Blessuren, vor allem aber ohne sein Sprachvermögen. Martin kann nicht sprechen, schnell wird klar – er leidet an Aphasie. Wobei nicht ganz klar wird, ob er leidet, denn ebenso wenig wird im Buch aufgelöst, ob Martin überhaupt wieder sprechen will. Eines aber kann er sagen, und damit benennt er für uns Leserinnen und Leser auch erstmals die Erzählerin – das Wort lautet „Anne".

Mit „Das Paar" hat Ingrid Bachér also einen Roman geschrieben, in dem die Fürsorge, die heute so genannte Care-Arbeit, eine Hauptrolle spielt. Heutzutage ist das ein großes literarisches Feld, sind etwa die teilweise autobiographischen Bücher zum Thema von Gabriele von Arnim, Berthe Arlo oder Frédéric Valin sehr erfolgreich und haben sich während der Pandemie noch dutzende Bücher über Pandemie und Fürsorge dazugesellt. 1980 jedoch, gerade einmal 35 Jahre nach dem Ende des Zweiten Weltkrieges, das tatsächlich auch das Ende der mörderischen so genannten „Euthanasie"-Maßnahmen der Nazis besiegelte, in die sehr viele Menschen aktiv oder passiv verstrickt waren, war ein Roman über das Schicksal eines behinderten Menschen, gar über eine Liebesbeziehung mit diesem eher eine Seltenheit.

Anne also kümmert sich um Martin. Dabei ist Anne Schauspielerin, fest angestellt an einem Theater in der nahegelegenen, nicht weiter benannten Stadt. Martin ist, nach dem Tod seines Vaters und einige Monate vor dem Unfall, zurück ins Haus der Eltern gezogen, dieses steht auf dem Land im Niederrheinischen, unweit der Niers, unweit vom Reichswald. Der Vater hat eine Gärtnerei betrieben, Martins älterer Bruder Josef hat das Erbe ausgeschlagen, er hasst, wie er mehrfach versichert, das Land und das Haus und den Hof. Martin hingegen zieht gern aus der Stadt zurück aufs Land. Und er tritt in jeder Hinsicht das Erbe an. Damit übernimmt er, der sein Geld bislang als Journalist verdient hat, zugleich die Gärtnerei der Familie, die eher schlecht als recht läuft.

Doch nach dem Unfall kann er alles, was er begonnen hat, nicht mehr fortführen. Denn während Martin im Krankenhaus liegt, erhält er die dringend erforderliche logopädische Behandlung zunächst nicht, da die einzige verfügbare Logopädin zu ausgelastet ist (und wir sind im Jahr 1980!). Schon damals also bahnte sich eine Pflegekrise an. Auch sonst scheint es das Krankenhaus personell schlecht getroffen zu haben, denn das ganze Personal einschließlich der Ärzte wirkt überlastet und sehr gestresst.

Anna macht aus der Situation das Beste, bleibt bei Martin und besucht ihn sooft es geht. Auch wenn dieser zunächst nicht einmal laufen kann, ist sie bei ihm, sie darf länger bleiben, als es die Besuchsverordnung eigentlich erlaubt, da Martin allein im Zimmer liegt. Mit Martin führt sie einen einseitigen Dialog, da er kaum reagieren kann, nur schauen, später immerhin wieder tasten, auch umarmen.

Doch er bleibt ihr fremd, wird manchmal direkt mit „Du" angesprochen im Text (nicht nur in der wörtlichen Rede), wird von Anne aber auch oft in dritter Person geschildert, nicht nur im Rückblick. Martin ist ihr fremd, bemerkt Anne, er ist nicht nur, weil er sich nun nicht mehr verständlich artikulieren kann, nicht mehr der Martin, den sie kannte.

Doch sie erarbeitet sich ihren Martin, ihren Partner, sie holt ihn sich zurück. Anne reduziert zunächst ihr Engagement am Theater, zuletzt kündigt sie. Sie kündigt damit auch ihre Wohnung in der Stadt, die sie eh kaum noch aufsucht, sie wohnt in Martins Haus. Sie versucht Martins Haus so zu gestalten, wie Martin es vorhatte, liest in diesem Haus seine autobiografischen Aufzeichnungen, empfängt und bewirtet dort drei Freunde, die er eingeladen hatte, setzt sich mit der Gärtnerei auseinander, organisiert und tut, weit über das Maß hinaus, dass man damals von einer Frau in einer Beziehung erwartete. Das Haus wird dabei in Bachérs Roman allmählich zu einem weiteren Protagonisten. Denn durch das Haus kann Martin zu Anne sprechen. „Eines Tages wirst du mich fragen, und ich werde es dir sagen, was in diesen Wochen außerhalb deines Krankenzimmers geschah."

Denn der Druck, der auf ihr lastet, ist groß. Nicht nur wird zu wenig im Krankenhaus für Martin getan, auch seine Mitarbeiter und Freunde, selbst sein Bruder Josef geben ihn auf. Da Martin nicht redet, gilt er als geisteskrank, da er nicht redet, gehen alle davon aus, dass es so bleibt. Sie gehen daher auch davon aus, dass Martin nicht zurückkehrt.

Als Martin schließlich, da er sich im Krankenhaus gegen eine Maßnahme gewehrt hat, in eine psychiatrische Klinik überwiesen wird, gilt sein Schicksal als besiegelt. Martin habe es gut dort, befindet sein Bruder Josef, dort herrsche Ordnung. Einzig Anne kämpft weiter um und für Martin, fährt ihn von dort mehrfach zur Logopädie, arbeitet zuletzt sogar in der psychiatrischen Klinik, um in seiner Nähe, um bei ihm zu sein.

Selbstverständlich schildert Bachér dieses Ringen um die Liebe mit allen Ambivalenzen. Und vielleicht, so lassen es die Schilderungen Annes offen, sind es gerade erst die anderen, die Ärzte und Pflegerinnen, die Nachbarn und der Bruder, sogar die eigene Mutter, die ihrer Tochter die Beziehung ausreden will, vielleicht sind sie alle es, die Anne ganz und gar in die Liebe hineintreiben und schließlich dazu bringen, Martin zu befreien.

Oder aber es ist Martin selbst. Denn während er nicht mehr reden und auch nicht schreiben kann, während er uns als gehandicapt, aber nicht als schwach präsentiert wird durch die Erzählerin Anne, lässt Bachér auch ihn selbst zu Wort kommen. Mehrfach wird ausführlich aus Martins Ausführungen aus der Zeit kurz vor dem Unfall zitiert, und in diesen Aufzeichnungen ist Martin, der ja in der Gegenwart des Romans so stumm bleiben muss, außerordentlich wortgewandt, manche Sätze sind nahezu poetisch formuliert.

Und diese Aufzeichnungen haben es nicht nur stilistisch in sich, zeigen sie doch, was sich auch im Haus verbirgt. Eine Kammer hinter einem Schrank etwa, in der sich einst ein Onkel, der desertiert war, vor der Wehrmacht verbarg. Ein dunkles Zimmer auch, in dem sich erst Martins Mutter und dann ihre Schwester zum Sterben legten, geplagt von Depressionen. Martin findet als Kind einen toten Wehrmachtssoldaten und zwei tote

Amerikaner im Reichswald, die Leichen sind halb überwachsen und doch nicht friedlich – der Name des Waldes wird hier zur geradezu erdrückenden Metapher. Der Onkel, der sich hinterm Schrank verbarg, floh schließlich aus seinem Versteck, weit entfernt vom Haus wurde er aufgegriffen, und von Nazischergen erschossen. Martin legt in seinen Aufzeichnungen den Verdacht nahe, dass es sein älterer Bruder Josef war, der dem Onkel riet, zu gehen, sich also in Gefahr zu begeben, um die anderen, den moralisch gefestigten Vater, die dahinsiechende Mutter, Martin und nicht zuletzt sich selbst, Josef, nicht zu gefährden. Als er die Nachricht von der Ermordung des desertierten Onkels erhält, läuft Josef ans Bett der Mutter und weint, „später sah ich Josef niemals mehr weinen, aber da wurden wir ja auch erwachsen..."
Genau gegen dieses Erwachsenwerden, gegen den Pragmatismus und die „Vernunft", mit der Josef und all die anderen rund um den Hof und in den Krankenhäusern Martin einfach aufgegeben, die Selbstverständlichkeit, mit der Josef Martin enteignet, mit der er Anne, die nicht mit Martin verheiratet und daher rechtlos ist, vollends ignoriert und die Gärtnerei und das Haus einfach weiterpachtet – gegen diese Lieblosigkeit in einer postfaschistischen Bundesrepublik, die alles, was sich nicht fügt, abstößt, die alles, was „krank" erscheint, wegschließt, revoltiert Anne. Dagegen revoltiert auch Martin, der sich, obschon er nicht sprechen kann, ihrer Revolte anschließt, der sich nicht aufgibt, weil er sie nicht aufgibt.
Im letzten Zitat aus seinen Aufzeichnungen heißt es, kurz nachdem Martin beschrieben hat, wie er Annes Ankunft an der Straße erwartete: „Wie gern ich jetzt hier war. Zu zweit würde es uns gelingen, das Schon-Aufgegebene wieder zu befestigen."
Das Haus bekommen sie nicht, aber sich bekommen sie, am Ende kann Anne, beinahe märchenhaft, mit ihm fliehen. Doch was hier vielleicht nach einem etwas kitschigen Epilog klingt, wird auf den 231 Seiten zuvor erklärt, wird auch für uns Leserinnen und Leser sichtbar erkämpft. Dieses Paar findet auf diesen Seiten zusammen, wird vielleicht erst jetzt das Paar, das es zuvor nur zu sein glaubte. Denn das Verstehen ist größer als die konkrete Sprache, die Liebe ist mehr als Vernunft.

Ingrid Bachér: Das Paar, Roman, Hoffmann und Campe, 1980

Olaf Cless

Vater, Sohn und Deutsches Reich

Ingrid Bachérs zweimal erschienener Roman über Theodor Storm und seinen Sohn Hans Woldsen

Ingrid Bachér ist eine Urenkelin von Theodor Storm. Mit diesem Umstand ist sie immer sehr diskret umgegangen. „Ich wollte nie auf dem Ticket des berühmten Ahnen fahren", erklärte sie bei einer Lesung 2013.[1] Als 1982 ihr Roman „Woldsen oder Es wird keine Ruhe geben"[2] erschien, enthielt der Klappentext keinen Hinweis auf den verwandtschaftlichen Zusammenhang. Die Autorin hatte es verhindert.[3] Dabei handelt das Buch von Storm, genauer gesagt von der hoch problematischen Beziehung zwischen dem Dichter und seinem ältesten Sohn Hans Woldsen Storm. Um einen klassischen Vater-Sohn-Konflikt geht es, ein Aufbegehren gegen patriarchale Strukturen und Lebensentwürfe, einen Zusammenprall von Beharrung und Aufbruch, historisch angesiedelt in den Jahren nach der deutschen Reichsgründung – die Bismarckschen Sozialistengesetze liegen schon in der Luft.

„Am 6. Februar 1877, abends gegen sieben Uhr, war Storm in Würzburg angekommen", heißt es im ersten Romankapitel schon nach wenigen Absätzen.[4] Hier in der Stadt am Main studiert der Sohn Medizin, die Abschlussprüfungen stehen an und Storm hat sich vorgenommen, nicht eher abzureisen, als bis alles zum hoffentlich erfolgreichen Ende gebracht ist. Lange genug, findet er, hat er das Studium von Hans bezahlt, diesem Sorgenkind aus erster Ehe – die Mutter starb, als Hans siebzehn war –, lange genug dessen Saumseligkeit, niveaulosen sozialen Umgang, fragwürdige Nebentätigkeiten für die Arbeiterpresse, ungezügelten Hang zu Kneipenbesuchen und wer weiß, was sonst noch mitangesehen. Jetzt gilt es dieses leidige Kapitel abzuschließen und Hans endlich auf bürgerlichen Karrierekurs zu bringen. Und das alles, ohne in die alten erbitterten Dispute zu verfallen, die zwischen ihnen beiden schon früh aufbrachen.

Doch genau dieser löbliche Vorsatz scheitert, muss scheitern. „Zu genau", heißt es einmal, kannte Hans „die seinen Vater befreienden Ausbrüche, die bewusst gesteigerte Dramatik, womit Storm die Schärfe eines endlich als wirklich empfundenen Ereignisses herbeizwang, und sei es auch nur im familiären Rahmen. Der Zweck dieser sich wie mechanisch aufbauenden Szenen war Woldsen gegenüber immer der gleiche. Der Sohn hatte anzuerkennen, dass er selber schuld war, was Woldsen gerne tat (...), und er hatte die Rolle des Nachfolgers anzunehmen, der, indem er übernahm, sanktionierte, was gewesen war, und durch Wiederholung in gleichem Sinne jeden Zweifel verstummen ließ. Doch das gerade wollte Woldsen nicht".[5]

Ingrid Bachér lässt den Konflikt im Laufe des Romans mit großer literarischer Präzision – und hier und da auch gestützt auf Originalquellen – unerbittlich Zug um Zug eskalieren. Bis dahin, dass Storm, noch immer in Würzburg einlogiert, dem Sohn schließlich einen Brief von solch verletzender Schärfe schickt, dass er es selbst bereut, als Hans eines Nachts plötzlich verschwindet und alle auf ein erlösendes Lebenszeichen von ihm warten.

---

1 Sabine Schmidt: Ingrid Bachér verrät die Hintergründe ihres überarbeiteten Romans, Rheinische Post, 5.12.2013.

2 Ingrid Bachér: Woldsen oder Es wird keine Ruhe geben, Hamburg: Hoffmann und Campe 1982.

3 Sabine Schmidt (=Anm. 1).

4 Woldsen (= Anm. 2), S. 8.

5 Ebd., S. 92.

Die Geschichte dieses Romans, geschrieben in einer Zeit, als Helmut Kohl die „geistig-moralische Wende" ausrief[6], ging Jahrzehnte später überraschend weiter. Bachér überarbeitete ihn und veröffentlichte ihn 2013 unter gänzlich neuem und ungewöhnlich langem Titel: „Theodor Storm fährt nach Würzburg und erreicht seinen Sohn nicht, obwohl er mit ihm spricht".[7] Zu dieser Neuausgabe bewogen hat sie eine abermalige Phase der Stagnation und des Reformstaus in der bundesdeutschen

Ein Aufbegehren gegen patriarchale Strukturen und Lebensentwürfe, ein Zusammenprall von Beharrung und Aufbruch

Politik[8] – seit 2009 regierte eine schwarz-gelbe Koalition.
Die Änderungen am Text sind freilich nie von vordergründiger, womöglich tagespolitisch motivierter Art. So deutlich „Woldsen oder Es wird keine Ruhe geben" auf eine konkrete historische Situation bezogen war, so sehr blieb der Roman doch gleichsam „zukunftsoffen" lesbar, auf modernere Zeiten beziehbar. Insofern gab es keinen Änderungsbedarf. Die Autorin nutzte vielmehr die Gelegenheit in erster Linie, um ihre Prosa noch makelloser zu machen, von kleinen Schlacken und Füllseln zu befreien, auch durch mehr Absätze dramaturgisch stärker zu strukturieren. Einmal mehr zeigt sich hier, bis in Kleinigkeiten, Bachérs stilistische Sorgfalt.

Wenn wir etwa das sechste Buchkapitel nehmen – es erzählt von Storms Besuch in Woldsens trister Studentenbude, einer weiteren qualvollen Unterhaltung und einer Ohrfeige am Ende –, stoßen wir beim Vergleich von alter und neuer Fassung auf Feinheiten wie diese: Aus „... sagte Woldsen und lächelte"[9] (sie reden über eine Kindheitsepisode) wird ein nüchternes „... sagte Woldsen."[10] Denn ob er lächelte, ist fraglich; also weg mit der falschen Süße. Der Satz „Doch war Hans Woldsen am Leben geblieben"[11] in der alten Romanfassung (es geht um Woldsens frühe, bedrohliche Lungenkrankheit) taucht in der neuen nicht mehr auf[12] – Bachér hat ihn als überflüssig erkannt und gestrichen. Die Entdeckung von Hans, dass er „ganz unverkennbar bestimmte Bewegungen genauso machte wie sein Vater"[13], verliert in der späteren Fassung die Wörter „ganz unverkennbar"[14]; auch ihrer bedarf es nicht. Und während Hans ursprünglich sagt, in den brieflichen Ermahnungen des Vaters stecke immer die Botschaft „handle so, wie es in unserem Sinne nützlich, vernünftig ist"[15], sagt er in der Neubearbeitung: „handle so, wie es in eurem Sinne nützlich, vernünftig ist."[16]

---

6 Vgl. Sabine Schmidt (=Anm. 1).
7 Ingrid Bachér: Theodor Storm fährt nach Würzburg und erreicht seinen Sohn nicht, obwohl er mit ihm spricht, Berlin: Dittrich Verlag 2013.
8 Vgl. Sabine Schmidt (=Anm. 1).
9 Woldsen (=Anm. 2), S. 93.
10 Theodor Storm (=Anm. 7), S. 112.
11 Woldsen (=Anm. 2), S. 95.
12 Theodor Storm (=Anm. 7), S. 114.
13 Woldsen (=Anm. 2), S. 96. 14 Theodor Storm (=Anm. 7), S.116.
15 Woldsen (=Anm. 2), S. 100
16 Theodor Storm (=Anm. 7), S. 121.

Eine schärfere Wortwahl, die das Tischtuch zerschneidet. Wie denn auch dieser fruchtlose Disput nicht mehr im „sich auskältenden Zimmer"[17] stattfindet, sondern schlicht im „kalten Zimmer"[18]. Manche Nuance kann auch des Guten zu viel sein, das weiß die „Erzählerin der Nuance", wie Karl Krolow sie gepriesen hat.[19]
Eine bemerkenswerte Änderung in der Neuausgabe von 2013 verdient noch hervorgehoben zu werden. Ingrid Bachér hat am Ende des Romans die nachgereichten dokumentarischen Angaben über Hans Woldsens wenige noch verbliebene Lebensjahre – er starb 39-jährig – und den von Freunden errichteten Grabstein mit der Inschrift „Dem Freund der Armen" erweitert um das Todesdatum von Theodor Storm – er überlebte den Sohn um 18 Monate – und die von Storm geschriebenen Gedenkzeilen: „Auch von den Toten bleibt auf Erden noch ein Schein zurück und die Nachgelassenen sollen nicht vergessen, dass sie in seinem Lichte stehen."[20]

Der neue Buchumschlag erwähnt auf der Rückseite nun auch die Verwandtschaftsbeziehung mit Storm. Denn „inzwischen macht es mir (...) nichts mehr aus", sagt Ingrid Bachér.[21]

Ingrid Bachér: Theodor Storm fährt nach Würzburg..., Berlin: Dittrich, 2013

---

17 Woldsen (=Anm. 2), S. 101.

18 Theodor Storm (=Anm. 7), S. 122.

19 Karl Krolow: Männer zwischen zwei Zeiten, Stuttgarter Zeitung, 19.10.1982.

20 Theodor Storm (=Anm. 7), S. 184.

21 Sabine Schmidt (=Anm. 1).

Enno Stahl

„Erinnerung an eine hemmungslose Zeit"

Aktivistische Literatur: Ingrid Bachérs Roman „Die Grube"

Am 17. Januar 2023 titelte die „Rheinische Post": Letzte Aktivisten verlassen Lützerath. Wieder einmal ein Schlussstrich gezogen im Rheinischen Braunkohlerevier. Doch ist der Widerstand damit vorbei? Wohl kaum. Auch in den Tagen darauf versetzten Aktivistinnen und Aktivisten dem übermächtig scheinenden, von der Politik beschirmten Konzern RWE empfindliche Nadelstiche.

Der Streit begann schon 1977. Damals kaufte die Rheinbraun (aus der später RWE hervorging) den Hambacher Forst. Im selben Jahr gründete sich die „Hambach-Gruppe", junge Wissenschaftler und Wissenschaftlerinnen der RWTH Aachen, die sich kritisch mit dem Braunkohletagebau befasste. Auch gegen den Tagebau Garzweiler, erst I, dann II, regte sich Protest. Jahrzehntelang währte der Kampf der Bewohner anliegender Dörfer gegen den Verlust ihrer Heimat. Für viele umsonst. Über 150 gewachsene Ortschaften fielen dem Tagebau zum Opfer.

2012 eskalierte der Konflikt im Hambacher Forst, es kam zu ersten Besetzungen. Aktivisten errichteten Baumhäuser im Wald, die allerdings schnell geräumt wurden. 2013 erfolgte die erneute Besetzung. Vor Gericht wurden Klagen gegen die Rodung angestrengt, aber auch gegen die Besetzung. Initiativen entstanden wie „Ende Gelände" (2015) und „Alle Dörfer bleiben" (2018). Der Wald wurde zum Symbol, mit internationaler Ausstrahlung, während die Initiativen der 1980er/1990er Jahre noch weit geringere Wahrnehmung gefunden hatten. Öko-Aktivisten richteten sich dort dauerhaft ein. Kontinuierlich wurden Aktionstage, Demonstrationen und Protestkundgebungen gegen den Garzweiler Tagebau veranstaltet.

Die juristischen Auseinandersetzungen zogen sich hin. 2016 erklärte das Oberverwaltungsgericht Münster die Besetzung des Waldes für illegal, ein Jahr später erteilte das Verwaltungsgericht Köln RWE die Erlaubnis zu roden. Dagegen wurde Widerspruch eingelegt. Im September 2018 wies die Landesregierung NRW die Gemeinde Kerpen gegen deren Willen an, mit der Räumung zu beginnen (die 2021 für rechtswidrig erklärt wurde[1]). Als Grund dafür wurde der mangelnde Brandschutz angegeben. Die Polizei fuhr mehrere Hundertschaften auf, die Gegenseite mobilisierte Tausende von Menschen, die in den nahegelegenen Ortschaften protestierten. Circa eintausend Aktivisten gelang es in den polizeilich abgesperrten Wald vorzudringen. Tumultartige Auseinandersetzungen, die sich mehrere Tage hinzogen, waren die Folge. Man spricht vom größten Polizeieinsatz in der jüngeren Geschichte Nordrhein-Westfalens.

Im Oktober 2018 setzte wiederum das Oberverwaltungsgericht Münster die Rodung aus. Im Januar 2020 wurde das Problem auf höchster politischer Ebene entschieden, ein Spitzentreffen der Bundesregierung und der vier vom Kohleausstieg betroffenen Bundesländer beschloss den endgültigen Erhalt des Hambacher Forstes.

Doch nun geriet der Ort Lützerath ins Zentrum der Auseinandersetzungen. Die eine Seite argumentierte: Nur wenn die Kohle im Boden bleibt,

---

1 Die zuständige Ministerin für Heimat, Kommunales, Bau und Gleichstellung des Landes NRW, von der seinerzeit die Weisung zur Räumung erging, erstaunlicherweise im Amt geblieben, auch nach der Landtagswahl, zwang die Stadt Kerpen vor Kurzem, gegen den Willen des Stadtrats, Berufung gegen dieses Urteil des Verwaltungsgerichts Köln einzulegen, die im April 2022 auch zugelassen wurde, Ausgang noch unbekannt.

können die Klimaziele erreicht werden. Die andere hielt dagegen: Die Versorgungssicherheit erfordert das Abbaggern Lützeraths.

Auch Ingrid Bachér schaltete sich in diesen Streit ein – mit einem Gastbeitrag für die „Rheinische Post", eine Woche vor der Räumung des neuerlichen Symbolortes. Darin schrieb sie: „Lützerath muss bleiben, steht auf einem selbstgemalten Schild, das eine alte Frau hochhält. Doch in den nächsten Tagen wird Lützerath abgeräumt. Es ist richtig, das gesprochene Recht muss durchgesetzt werden. Aber fraglich ist doch, ist dieses Recht, das gesprochen wurde, angemessen dem Recht auf ein friedliches Leben so vieler Menschen auch in der Zukunft? Oder ist es offensichtlich unser Schicksal, dass wir seit langem die Folgen unseres Handelns erkennen, aber nicht fähig sind, unser Handeln zu verändern, selbst wenn wir damit uns selber vernichten?"[2]

Diese Fragen, nämlich die rechtliche Angemessenheit und die Sorge um eine gedeihliche Zukunft der Menschen, beschäftigten Bachér auch in ihrem Roman „Die Grube", der sich mit dem Braunkohletagebau und dem Widerstand dagegen auseinandersetzt. Was geschieht mit den Menschen, was geht in ihnen vor, wenn durch unternehmerisches Handeln, gepaart mit staatlicher Verfügungsgewalt, Zugriff genommen wird auf ihr Eigentum, ihren Lebensbereich, ihre Heimat? Und nicht zuletzt auch – auf ihre Erinnerungen, ihre Identität ... Literarisch ist so ein Thema schwer zu bewältigen. Es handelt sich um große, kollektiv getragene Konflikte. Zahlreiche Akteure auf Seiten der Exekutive, viele Gesichter des Widerstands. Bachér hat diese Problematik so gelöst, dass ihre Ich-Erzählerin, die Lehrerin Lale Aschoff, einerseits Leidtragende des Tagebaus ist – der (fiktive) Aschoff'sche Hof in Garzweiler, der seit Jahrhunderten im Besitz der Familie ist, inzwischen betrieben vom ältesten Bruder Simon, soll den Schaufelradbaggern weichen. Auch sie selbst lebt dort noch. Andererseits ist Lale Chronistin des Widerstands gegen die unausweichliche Entwicklung, in den auch ihr Bruder stark eingebunden ist. Der jüngere Bruder Heinrich hat einen anderen Weg gewählt und ist nach Kolumbien ausgewandert, wo er sich eine neue Existenz aufgebaut hat. Ebenso Simons Frau Kerstin, die es nicht mehr aushält und mit dem gemeinsamen Sohn Pitt nach München flieht.

> *„Vor meinem Fenster hinter der Krone der Buche sehe ich die Lichter der Grube. Wenn ich mich darauf konzentriere, kann ich den Schaufelradbagger dort arbeiten hören, unaufhaltsam."*

Die andere Seite, die ökonomischen und staatlichen Verursacher tauchen kaum in diesem Buch auf, nur in ihrem beiläufigen Beschwichtigen und Abwiegeln bei öffentlichen Veranstaltungen, in denen Partizipation den Bewohnern nur vorgespiegelt wird – in Wahrheit ist, wie Lale und Simon verbittert feststellen, alles schon längst entschieden.

---

2 https://rp-online.de/kultur/autorin-ingrid-bacher-sieht-luetzerath-als-symbol-des-widerstands_aid-82791337 [Zugriff: 24.1.2023].

Im Jahr 2010 erzählt Lale in der Rückschau vom Gang der Ereignisse. Sie berichtet über die Anfänge des Widerstands bis zum Untergang des Ortes Garzweilers und dem endgültigen Verlust des Hofes. Verbunden damit ist Simons Tod, den sie und einige Freunde auf dessen Wunsch geheim hielten. Sie begruben ihn in der rheinischen Erde, die einige Jahre später Ziel der Bagger wurde. Nicht einmal seine Frau Kerstin erfuhr davon. Nun, Ende des Jahres 2010 soll der verschollene Simon für tot erklärt werden. Dies ist der Auslöser dafür, dass Lale die Ereignisse rekapituliert.
Das beinhaltet zunächst einmal eine Reihe von Fakten über die Geschichte und Hintergründe des Tagebaus, die Probleme, die damit einhergehen: „So tief die Braunkohle zu gewinnen, bedeutet Milliarden Kubikmeter Grundwasser zu opfern, lebendiges Wasser für totes, brennbares Material, und damit ständig Brauchbares in Unbrauchbares zu verwandeln."[3] Es ist eine deutliche Opposition: tote Kohle, lebendiges Wasser, Unbrauchbares, Brauchbares.

Aber es hängt viel mehr daran: Für die Menschen wird ihr Leben zum Provisorium, sie finden sich in der Warteschleife – irgendwann werden ihre Ortschaften verschwinden, abgerissen, der Konzern kauft ringsum bereits Haus und Hof, immer mehr Nachbarn ziehen weg und siedeln sich in den hybriden Ortschaften an, die über das Präfix „Neu-" an die alten Dörfer erinnern sollen: Neu-Garzweiler, Neu-Otzenrath, Neu-Elfgen undsoweiter.

Die Tatsachen sind bekannt und vieldiskutiert, interessant ist aber der literarische Umgang damit, wie Bachér die Gefühlswelt der Betroffenen veranschaulicht. Denn Literatur verfügt über das Instrument der Sprachkunst, um Tiefen auszuloten oder zumindest anzudeuten, die ökonomischen, soziologischen, ja selbst psychologischen Analysen verschlossen bleiben. Hier geschieht das etwa durch die ästhetische Dämonisierung jener Gewalt, der Lale sich ohnmächtig gegenübersieht: „Vor meinem Fenster hinter der Krone der Buche, die jetzt schon ohne Blätter ist, sehe ich die Lichter der Grube, nicht punktuell, sondern zusammengeflossen als einen rötlichhellen Streifen (...). Wenn ich mich darauf konzentriere, kann ich den Schaufelradbagger dort arbeiten hören, unaufhaltsam." (10) Die Lichter wie eine drohende Feuersbrunst und der Bagger ständig dabei, unschuldige Erde aufzureißen, die Grube, sie nähert sich. Und alles in ihrer Nähe siecht dahin: „Die Dörfer im Abraumland verlieren Kraft, sie verblühen. Es ist wie ein Pesthauch, der der Grube vorauseilt und alles Leben langsam lähmt und absterben lässt." (166)

Kein Wunder, dass ihre Gegner sie personifizieren, über Simon etwa heißt es: „Die Grube war sein Feind. (...) Die Grube war für ihn sichtbar die unfassbare Einöde eines von der Industrie missbrauchten Landes." (38) Diese Industrie nennt er nur „die Krake". Auch das Land, die vergewaltigte Erde, wird zum Lebewesen: „Vor unseren Füßen, die Grube, das geschlachtete Land. Wie ausgebalgt, das große Erdentier, in dessen Körper wir hineinsahen." (74)[4] Die Industriegeräte dagegen werden zu Mordinstrumenten: „Am Rad des Baggers hängend kehlten die Schaufeln die Erde ab" (41).

---

3 Ingrid Bachér: Die Grube, Berlin: Dittrich Verlag 2011, S. 15 – alle weiteren Zitate aus dem Buch werden direkt hinter dem Auszug mit Seitenzahl in Klammern belegt.

Wieder diese Opposition, sprachlich fixiert, von Lebendigem und Totem, nur dass jetzt das Tote zugleich mordet, die Technik ist also ein Zombie, eine Untote, die nicht lebt, aber doch etwas tut, die reine, leerlaufende Rationalität, diese entwickelt „immer potentere Maschinen, um die Kohle schneller und gründlicher zu gewinnen. Verbrauch und Fördermenge stiegen, eines bedingte das andere." (39) Dies ist die Aporie des Fortschritts, eines Fortschritts, der nur sich selber zu dienen scheint, und nicht mehr dem Wohlergehen der Menschen: „Die Natur nährt, die Technik verzehrt. (...) Wir glauben an den Reichtum durch Technik und sehen doch, dass die Armut ständig wächst. Unfruchtbar ist die Technik, die mehr verbraucht als sie erschafft." (169)

Bachér kritisiert sehr nachdrücklich die kapitalistische Wachstumsideologie, insofern ist der Roman bei aller Ausgewogenheit durchaus ein Ausdruck von Aktivismus. Die Ausbeutung der rheinischen Braunkohlevorkommen ist aber auch ein Musterbeispiel dafür, wie sehr diese Form des Wirtschaftens buchstäblich über Leichen geht. Im Buch sind es Selbstmorde oder Leute, die einfach nicht mehr wollen, aufgrund der mutwilligen Zerstörung ihrer Lebensumwelt. Auch Simon stirbt – nach dem offenkundigen Scheitern des Widerstands – auf Raten. Lale dokumentiert diesen Prozess. Ihre Rede ist ein langer, sibyllinischer Abgesang, der in der Sprache mitunter mythische Formen annimmt, etwa durch unübliche grammatische Wortstellungen: „Ja, in diesen Tagen waren wir sicher, die Vernunft könnte siegen, erhalten würde die Vielfalt. Das Land würde nicht mehr unter die Raupenschlepper kommen, nicht weiter ausdehnen könnte sich die Grube. Unangetastet würden die Dörfer bleiben." (66) So eine kurzzeitige Hoffnung Lales, die trog.

Die Brutalität der kapitalistischen Landnahme im Braunkohlerevier gipfelt in der Schändung des Garzweiler Friedhofs, die auf eindringlichste Weise beschrieben wird. Lale beobachtet dabei, wie das Familiengrab aufgerissen wird, sieht dabei zu, wie die sterblichen Überreste ihres Vaters von einem Bagger ergriffen werden: „Der Schrecken, der mich erfasste, galt nicht so sehr dem, was ich sah, obwohl unbeschreibliche Verwesungsgrade menschlicher Körper ans Licht kamen, sondern dem, was sich mir so offenbarte. Die Missachtung, mit der wir den Toten begegnen, zeigt, wie wenig wir uns selber achten." (28)

Ein Höhepunkt in der Dramaturgie des Buches ist die größte Kundgebung des Widerstands in den 1980er Jahren, eine Veranstaltung in der Stadthalle Erkelenz 1989 – zwar sind 2000 Protestler zusammengekommen, doch die andere Seite hat ebenfalls mobilisiert. Rheinbraun hat die Gewerkschaften dazu gebracht, ihre Mitglieder herbeizurufen. 1000 Arbeiter sind gekommen und nun wird die Auseinandersetzung auf ein anderes Niveau gehievt, nämlich den (scheinbaren) Widerspruch zwischen Klimaschutz und Arbeitsplätzen (eine Dialektik, die sich auch heute noch trefflich instrumentalisieren

---

4 Wir sehen hier einen interessanten Widerspruch: Denn „die Grube", die man sieht, ist ja zugleich das Land, dass durch die Grubenwerdung missbraucht wird. D.h. die Grube ist eigentlich eine Fiktion, eine Leere, eine Leerstelle, welche den stattgehabten Eingriff allegorisiert.

lässt). Diese Machtdemonstration seitens Rheinbraun versetzt dem Widerstand den Todesstoß, er läuft ins Leere. Lales Bruder Simon versucht, den Belangen des Umweltschutzes Gehör zu verschaffen, doch seine Worte gehen unter in Gelächter und Zwischenrufen der Arbeiter. Der Minister grüßt und verlässt die Szene.

Es ist vorbei. Simon verliert seinen Mut. In der Folge berichtet Lale vom Absterben der Aktivitäten. Wenige Freunde kommen zu Besuch auf den Hof. Sie selbst gibt ihre Arbeit auf, um sich Simons anzunehmen. Sie planen, den Bruder Heinrich in Kolumbien zu besuchen, vielleicht sogar dauerhaft dorthin zu übersiedeln. Doch in derselben Nacht stirbt Simon. Lale zieht in den Nachbarort Borschemich, besessen ist sie weiterhin von der Grube: „Ich werde aus dem Haus gehen, meine nächtlichen Fahrten bis zum Rand der Grube wiederholen, nachsehen, wie weit sie uns näher gekommen ist." (173) Sie weiß, dass ihr nicht mehr viel Zeit beschieden ist. Doch auch der Bagger, und das, wofür er steht, ist endlich, obwohl er kontinuierlich weiter das Land aufreißt, ist er dennoch schon ein Vergangenheitszeichen: „Ein Anachronismus, denke ich, wir werden anders leben. Vielleicht wird er später übrigbleiben, weil es zu kostspielig wäre, ihn zu zerlegen. So wie Panzer zum Gedenken an irgendwelche Schlachten aufgestellt wurden, könnte er eines Tages verrostet stehen zur Erinnerung an eine hemmungslose Zeit." (173) Das – ist letztlich kein Trost, aber immerhin eine Hoffnung.

Ingrid Bachér: Die Grube, Roman, Dittrich, 2011

Dorothee Krings

„Wir sind gefordert, Stellung zu beziehen"
Ingrid Bachér, die politische Zeitzeugin

Ingrid Bachér hat sich in ihrem publizistischen Leben immer wieder gefordert gefühlt, aus dem Rückzug des Schreibens, Lesens, Denkens in den öffentlichen Raum der Debatte zu treten. Dafür scheint es ein konstantes Motiv zu geben: die Überzeugung, dass Menschen, die Totalitarismus am eigenen Leib erfahren haben, moralisch besonders verpflichtet sind, gegen autoritäre Entwicklungen ihrer Gegenwart einzutreten. Vor allem dann, wenn altbekanntes, zerstörerisches Gedankengut ein neues Gewand findet und wieder zu wirken beginnt.

Bachérs politisches Mittel ist das Wort, der offene Brief, die öffentliche Erklärung. So steht etwa am Beginn ihrer schwierigen Amtszeit als Präsidentin des westdeutschen PEN-Zentrums 1995 die mit Kollegen verfasste öffentliche Forderung, eine Fusionierung des westdeutschen PEN-Zentrums mit dem PEN Ost erst anzustreben, wenn der Ost-Club die eigene Geschichte aufgearbeitet hat. Zu welchen Schwierigkeiten das führt, soll später ausgeführt werden. Jedenfalls ist es ihre Haltung zum Umgang mit historischer Schuld, die sie dazu bewegt, für das Amt zu kandidieren. Auch als besorgte Intellektuelle meldet sich Bachér zu Wort, wenn ihr öffentliches Stellungnehmen zwingend erscheint. Etwa im Sommer 2013. Die Gleichgültigkeit, mit der die deutsche Öffentlichkeit die Aufdeckung der von der rechtsextremen Terrorgruppe Nationalsozialistischer Untergrund (NSU) begangenen Morde aufnimmt, empört Bachér. Sie entwirft einen Mahnbrief, den sie zusammen mit Hajo Jahn und dem aus Ostdeutschland stammenden Lyriker Günter Kunert veröffentlicht. Darin wird deutlich, wie sehr sich Bachér durch ihr eigenes Erleben des Nationalsozialismus in Deutschland zu politischem Handeln verpflichtet fühlt:

„Vor allem aber wünschen wir anzuregen, dass die Zumutungen der Vertuschungen, des Verschweigens und des Hinhaltens nicht gleichgültig hingenommen werden, sondern dass der Widerstand dagegen sich endlich deutlich zeigt. Wer keinen Rechtsradikalismus will, muss tätig werden, bevor wir sonst später wieder bedauernd Gedenksteine errichten müssen für Menschen, deren Tod wir nicht verhindert haben."[1]

Tätig werden, Position beziehen, weil bedenkliche Entwicklungen in der Gegenwart es verlangen, das ist der wiederkehrende Antrieb der engagierten Bürgerin Ingrid Bachér. Sie benennt und reflektiert ihr Motiv auch in den Texten, mit denen sie sich öffentlich zu Wort meldet. Und sie schreibt jenen, die untätig bleiben, Verantwortung für die Folgen ihrer Säumnisse zu. Dass sie selbst die Zeit des Nationalsozialismus in Deutschland erlebt hat, bestärkt sie in ihrem Gefühl, als Intellektuelle wie als Bürgerin direkt mitverantwortlich dafür zu sein, wie sich die Gesellschaft entwickelt. In einem Brief an Günter Kunert schreibt sie mit Blick auf den NSU: „Wir, die wir noch Erinnerung an die Nazizeit und die Jahre danach haben, sollten verlangen, dass jedem Hinweis nachgegangen, jede Verhinderung einer Aufklärung dokumentiert, und die Beteiligten zur Verantwortung gezogen werden. Wir sollten verlangen, dass die Justiz ihre Aufgabe wahrnimmt, unsere Demokratie zu schützen und deutlich machen, dass vieles in unserem

---

1 HHI (=Heinrich-Heine-Institut), Vorlass 06/2013.

> *„Um sich zu empören brauchte es eigene schmerzhafte Erfahrungen und viele Gleichgesinnte."*

Land schon gar nicht mehr demokratisch abläuft und die ständigen Hinweise auf die Fehler anderer Länder nur ablenken von der eigenen Demokratieschwindsucht."[2]

Ihr Appell gegen den laxen Umgang mit Rechtsradikalismus in Deutschland wird während des NSU-Prozesses in München veröffentlicht. Zu den Erstunterzeichnern gehören der Schriftsteller Ingo Schulze, der Künstler Günther Uecker, Campino und die Toten Hosen, Sänger Udo Lindenberg, der Plakatkünstler Klaus Staeck. Am Ende hat der Appell 350 Unterstützer aus Kultur und Wissenschaft. Er ist mit dem Titel „Taten statt Worte" überschrieben, bedient sich also genau jener Begriffe, die der NSU für seine Parolen missbrauchte. Bachér greift die Wörter auf, kehrt sie um, wendet sie gegen jene, die einer rechtsradikalen Ideologie wieder Macht verschaffen wollen und dafür töten. Das Beispiel macht deutlich: Wenn Demokratie, Freiheit, Menschenwürde in Gefahr sind, ist die öffentliche Positionierung für Bachér eine moralische Pflicht. Dann sammelt sie Mitstreiter, verschafft ihrer Position Gewicht – und Gehör im öffentlichen Diskurs.

Genauso erhebt Bachér als Bürgerin bei Anlässen in ihrem lokalen Umfeld die Stimme. So mischt sie sich etwa ein, als der Reeser Platz im Düsseldorfer Stadtteil Golzheim umgestaltet werden soll. Weil das dortige Kriegerdenkmal zu Ehren der Gefallenen des Niederrheinischen Füsilier-Regiments 39 regelmäßig Neonazis zu Aufmärschen anzieht, hatte die Düsseldorfer Kunstkommission, ein Gremium aus Künstlern und Politikern, im Jahr 2020 einen Wettbewerb für ein Gegendenkmal ausgelobt. Daraus war der Entwurf des Kölner Kollektivs Ultrastudio als Sieger hervorgegangen. Er sieht vor, eine wuchtige, begehbare Stahlbrücke quer über dem Monument schweben zu lassen. Kurz vor der geplanten endgültigen Entscheidung des Düsseldorfer Stadtrats am 17. Juni 2020 wendet sich Ingrid Bachér in einem offenen Brief gegen den gekürten Entwurf. Namhafte Künstler wie Katharina Sieverding, Gerhard Richter, Thomas Ruff, Günther Uecker und ihr Mann Ulrich Erben schließen sich ihrem Protest an. Auch in diesem Brief findet sich als Motiv für ihre Wortmeldung die Notwendigkeit, gegen die ungute Wiederholung von Geschichte einzuschreiten, wenn es heißt: „Nicht wieder der Aufguss von gestern, nicht wieder das, was stark erscheint und uns schwach macht."[3] Bachér fürchtete unter anderem, dass der rostige Überbau das Kriegerdenkmal von 1939 nicht „durchstreichen", wie vom Kollektiv beabsichtigt, sondern das Monumentale noch verstärken würde. Neonazis könnten den Ort dann erst recht für ihre Kundgebungen nutzen, sogar mit einer zusätzlichen Rednerrampe aus Stahl. Was Bachér antreibt, formuliert sie am Ende ihres offenen Briefs explizit: „Wir sind gefordert, Stellung zu beziehen, Frieden zu bewahren und die Toten ruhen zu lassen. Keine neue Aufmerksamkeit den Aufmärschen der Vergangenheit!"[4]

Ingrid Bachérs Verantwortungsbegriff sorgt aber nicht nur für eine besondere Wachsamkeit gegenüber allem, was an die menschenverachtende

---

2 HHI, Vorlass, 06/2013.

3 HHI, Vorlass, Reeser Platz.

4 HHI, Vorlass, Reeser Platz. Die Entscheidung über das Gegendenkmal steht weiterhin aus.

Ideologie und Ästhetik der Nationalsozialisten erinnert und ihr wieder Vorschub leisten könnte. Als sie im Mai 1995 beim PEN-Kongress in Mainz zur Präsidentin des westdeutschen PEN-Zentrums gewählt wird, kandidiert sie in turbulenten Zeiten auch deswegen für das Amt, weil es um die Frage geht, welche Haltung Intellektuelle im vereinigten Deutschland zum begangenen Unrecht in der DDR einnehmen. Und welche Beachtung die Opfer dabei finden. Vordergründig geht es in jener Zeit um die Vereinigung des westlichen PEN-Zentrums mit dem PEN-Zentrum Ost. Namhafter Fürsprecher eines Zusammengehens ist Günter Grass. Er plädiert für eine Fusion ohne Schuldaufarbeitung und kritisiert die Tendenz deutscher Schriftsteller, „einander zur Räson zu bringen"[5]. Protest kommt von Schriftstellerinnen und Schriftstellern, die persönliche Erfahrung mit der Unterdrückung in autoritären Staaten machen mussten, Autoren wie Herta Müller, Sarah Kirsch, Günter Kunert und Hans Joachim Schädlich. Ingrid Bachér vertritt die Position, dass ohne eine angemessene Aufarbeitung der DDR-Staats-Verstrickungen des Ost-PEN ein Zusammengehen beider PEN-Gruppen nicht möglich sei. Die Aufarbeitung der Vergangenheit solle der PEN-Ost selbst übernehmen, etwa mit Hilfe einer Kommission, die Einzelfälle prüft. Bachér ergreift damit auch Partei für jene Schriftsteller, die in der DDR verfolgt wurden, in den Westen flohen und sich dem westdeutschen PEN anschlossen. Ihnen will sie nicht zumuten, mit früheren Funktionären in einen Verein gezwängt zu werden. Es gibt zu diesem Zeitpunkt Austritte, Austrittsdrohungen, Übertritte von PEN-West zu Ost, Doppelmitgliedschaften – eine komplizierte Gemengelage. Dahinter steht jedoch die grundsätzliche Frage, wie Menschen mit Schuld umgehen und wie Gesellschaften aus Geschichte lernen können. Für Bachér ist der erste Schritt das Anerkennen von Schuld – nicht nur abstrakt, sondern auch in persönlicher Auseinandersetzung mit den Tätern. Im Antrag, der zum Programm für ihre Amtszeit wird, heißt es: „Natürlich wäre ein einziger deutscher PEN wünschenswert, aber die Vereinigung jetzt forciert in Gang zu setzen, hieße wieder glättend über Vergangenheit hinwegzugehen, wodurch nicht nur Spuren, sondern auch Wurzeln zerstört würden."[6]

Bachér wird für ihr Vorhaben, die Fusion aufzuschieben, um der Aufarbeitung der DDR-Vergangenheit Zeit einzuräumen, als erste Frau an die Spitze des westdeutschen PEN gewählt. Sie baut darauf, dass sich ihre um Aufklärung bemühte Position durchsetzen werde, weil sie dem Selbstanspruch des PEN entspricht, der bekanntlich für verfolgte Schriftsteller eintritt. Doch unterschätzt sie den Willen der Fusionsbefürworter, Fakten zu schaffen. Auf dem Höhepunkt der Auseinandersetzung mit Grass schreibt Bachér in einem Zeitungsbeitrag: „Es ist Aufgabe der Schriftsteller, über gegensätzliche Positionen zu streiten, um sie für die Gesellschaft deutlich zu machen." Eine Vereinigung ohne Auseinandersetzung mit der problematischen Vergangenheit erscheint ihr unredlich. Doch macht sie sich damit zur Zielscheibe jener, die westdeutschen Autoren moralische Überheblichkeit vorwerfen.

---

5   Günter Grass: „Wir sind als Richter untauglich!" in: Die Woche, 24. November 1995.

6   HHI, Vorlass, 05/1995.

„Die Gerechten schämen sich nicht ihrer Fehllosigkeit"[7], schreibt Grass und nennt jene, die für Aufarbeitung eintreten, in einem Zeitungsbeitrag indirekt scheinheilige Saubermänner und -frauen. „Zu vieles unbesehen gutzuheißen, wird ein großer Teil unseres PEN-Zentrums nicht mittragen", erwidert Bachér in einem Brief an Grass und wehrt sich auch persönlich dagegen, von ihm „in eine Ecke der selbstgerechten Schnüffler und der Richter" gestellt zu werden.[8]

Am Ende scheitert Bachér an Gegnern, die aus unterschiedlichen Motiven Interesse an einer möglichst glatten Vereinigung der PEN-Zentren haben und dieses Ziel mit aller Macht verfolgen. Als selbst eine Mitgliederbefragung den Konflikt nicht löst, kündigt Bachér im Oktober 1996 zusammen mit anderen Präsidiumsmitgliedern ihren Rücktritt an. Nach eineinhalb Jahren im Amt beendet sie damit ihren Versuch, in einer Institution, die sich eigentlich dem kritischen gesellschaftlichen Diskurs verschrieben hat, für den Weg der Selbstkritik und Aufarbeitung zu werben. Man könnte sagen, sie scheitert an der taktischen Durchsetzung ihrer moralischen Überzeugung, was immer auch Teil des politischen Geschäfts ist. Aber keiner, der Bachér liegt.
Sie kehrt zurück in die Position der kritischen Beobachterin mit scharfem politischen Sensorium und beteiligt sich weiter an öffentlichen Diskursen – als Bürgerin wie als Schriftstellerin. In ihrem Roman „Die Grube" über den Raubbau an Natur und Kultur im rheinischen Braunkohletagebau lässt sie die Ich-Erzählerin über die Voraussetzung für politische Aktion nachdenken: „Um sich zu empören brauchte es eigene schmerzhafte Erfahrungen und viele Gleichgesinnte, sodass eine Macht entstand im Begehren, das zu verlangen, was nachhaltig allen dienen würde."[9]

Eigenes Erleben reflektieren, aus der Erkenntnis konkrete Forderungen ableiten, die Verbindung mit anderen suchen – so funktioniert für Bachér politisches Engagement. Gut ein Jahrzehnt nach Veröffentlichung ihres Romans ringen in der Region, in der „Die Grube" spielt, Klimaaktivisten und Staatsmacht um die Räumung des zum Abbaggern freigegebenen Ortes Lützerath. Ingrid Bachér fährt dorthin, besucht erneut die Gegend, in die sie sich für ihren Roman so lange eingefühlt hat und beteiligt sich an der öffentlichen Debatte: „Ist es offensichtlich unser Schicksal, dass wir seit langem die Folgen unseres Handelns erkennen, aber nicht fähig sind, unser Handeln zu verändern, selbst, wenn wir damit uns selber vernichten?"[10] fragt sie in einem Gastbeitrag für die Rheinische Post.

Die Frage nach der Verantwortung stellt sich für Ingrid Bachér nicht nur mit Blick auf die Vergangenheit, sondern genauso für Entscheidungen zur Zukunft des Planeten. Man kann sagen, der Antrieb, der Ingrid Bachér zu einem politischen Menschen gemacht hat, ist zeitlos.

---

7 Günter Grass: „Wir sind als Richter untauglich!" in: Die Woche, 24. November 1995.

8 HHI, Vorlass, 11/1995.

9 Ingrid Bachér: Die Grube, Berlin: Dittrich 2011, S. 32.06/2013.

10 Ingrid Bachér: „Ausgeweitet wird die Grube" in: Rheinische Post, Jahrgang 78, Nr.11 (= 13. Januar 2023).

Olaf Cless

Mehrstimmiges Denken
Ein Streifzug durch sieben Erzählungen von Ingrid Bachér

„Paolo Castiglione stammte von einem kleinen Hof im Piemontesischen. Er war 1943 Partisan gewesen, und als er von den Faschisten gesucht wurde, verbarg er sich bei Freunden, ohne zuvor seine Mutter und seinen Bruder zu warnen. Er meinte, sie besser zu schützen, wenn er sie nicht zu Mitwissern machte. So geschah es, dass statt seiner sein Bruder erschossen wurde, der jüngere, unpolitische, scheinbar nicht gefährdete." [1]

So beginnt eine Erzählung von Ingrid Bachér, die mit einigen weiteren eingebettet ist in den Roman „Die Tarotspieler" von 1986. Darin verbringen ein paar Freundinnen und Freunde, Teilnehmer eines Übersetzerkongresses in San Remo, die milden Abende und Nächte auf der Hotelterrasse, legen und deuten die Karten, geraten darüber in tiefgründige Gespräche und erzählen einander reihum, gewissermaßen nach allen Regeln der Kunst, Geschichten.

Eine Besonderheit der – nur knapp zehn Seiten langen – Erzählung vom jungen Partisanen Paolo Castiglione, dessen Bruder einen Tod stirbt, der eigentlich ihm selbst galt, besteht darin, dass sie vom Schreiben handelt – vom Schreiben als Versuch, einen Verlust, ein Trauma, eine Schuld zu bewältigen, eine Erinnerung zu bewahren, ja sogar, wie es einmal heißt, „ein Leben zu erstatten". Paolos Schreiben, auch das deutet Bachérs programmatische Kurzgeschichte mit leichter Hand an, durchläuft verschiedene Phasen. Erst handelt es sich um schlichte Tagebuchaufzeichnungen, um den toten Bruder gleichsam Anteil nehmen zu lassen am Fortgang des Alltags. Dann vollzieht sich ein Rollentausch: Paolo schreibt nun im Namen seines Bruders, macht Carlo selbst zum Protagonisten des bescheidenen Weiterlebens unter einem Dach mit der untröstlich trauernden Mutter. Später erwacht der Impuls, „Carlos Leben kostbarer zu machen", ihm endlich eigene Ideen, Wünsche und Abenteuer zu schenken. Und so schickt Paolo, dem das Schreiben längst zum Ritual geworden ist – aber auch zu einer Pflicht, deren Erfüllung er sich bisweilen mühsam abringen muss –, Carlo eines Tages auf die Suche nach seinem Mörder. Als er ihn eines Abend tatsächlich findet, es gibt zumindest ein starkes Indiz, wird es für den gealterten Erzähler Paolo Zeit, aus der poetischen Paradoxie auszusteigen: „Der Mörder wurde zu nichts, wie es auch der Tod geworden war", lautet einer der letzten Sätze dieses auf unaufdringliche Weise parabelhaften Textes von Ingrid Bachér, der imstande ist, durch sein Changieren zwischen Fantasie und Wirklichkeit den Leser schwindlig zu machen.

Wenn der Boden schwankt

Es ist dies eine Kunst, die man in Bachérs erzählerischem Werk häufiger begegnet. Etwas beunruhigend Rätselhaftes, schwer Fassbares bricht herein, die gewohnte Rationalität gerät an ihre Grenzen, der Boden der sogenannten Tatsachen scheint zu schwanken. Dazu noch zwei prägnante Beispiele. Das eine findet sich ebenfalls im Roman „Die Tarotspieler". Die Erzählung [2] handelt von einem Hellseher, der in einer Folge seiner beliebten Vorabend-Fernsehsendung, in einem Moment vermeintlicher Entrückung, plötzlich drei Namen nennt und die Prophezeiung ausspricht, eine dieser Personen werde in der kommenden Woche sterben. Der Sender versucht mit einer raschen

---

1 Ingrid Bachér, Fischer Taschenbuch 1984

2 Ebd. S. 47 ff

Tonstörung aus dem unerhörten Vorfall rauszukommen, doch was geschehen ist, ist geschehen, und die namentlich genannten Todeskandidaten der Stadt müssen sehen, wie sie mit sich und der unheimlichen Lage klarkommen.

Es sind dies ein gewisser Alex Reiser, geschieden und gerade arbeitslos, und eine Perdita Reimann, Gattin eines ängstlichen und recht vermögenden Mannes. (Die dritte vom Fernsehmagier genannte Person, so erfährt der Leser, ist laut Polizei schon seit einer Woche verreist, kann also wohl außer Betracht bleiben.) Ohne hier den genauen Fortgang der Erzählung preiszugeben: Ingrid Bachér gelingt es, auf ungemein subtile Weise eine psychologische Dynamik entstehen zu lassen, aus der sich am Ende genau das ergibt, was um jeden Preis vermieden werden sollte: Die bösartige Prognose des TV-Spiritisten geht, ganz ohne dessen weiteres Zutun, in Erfüllung. Wohlgemerkt: Die Autorin braucht hierfür keine esoterischen Nebelschwaden. Ihre Erzählung ist von größter Präzision.
Als letztes Beispiel in diesem Zusammenhang mag die außerordentlich intensive und geradezu hypnotische Erzählung „Assisi verlassen"[3] von 1993 dienen. Ihr Protagonist, ein vor der Emeritierung stehender Kunsthistoriker namens Felix Murnau, besucht die Stadt Assisi, „wie jeden Sommer", doch diesmal bietet sie sich ihm in einem Zustand gärender Unruhe dar, ja geradezu „im Aufruhr". Die Besuchermassen drängen wie immer zur „Ober- und Unterkirche, unter der die Krypta lag, mit dem Sarkophag, in dem die von päpstlichen Kommissionen wissenschaftlich geprüften Gebeine des Heiligen ruhten". Doch heute sind diese Gotteshäuser außerplanmäßig geschlossen, und wie ein Lauffeuer verbreitet sich das Gerücht, die sterblichen Überreste von Sankt Franziskus seien unerklärlicherweise, allen scharfen Sicherungen zum Trotz, „abhanden gekommen", gerade so also sei „der Poverello selber ausgebrochen (...), auferstanden und fort, die Reliquie aus dem Schrein".

Die drückende Hitze des Tages steigert den merkwürdigen Ausnahmezustand, auch fühlt sich Felix Murnau unwohl, er spürt „Schmerzen in der Brust", obendrein ist mit seiner Hotelreservierung etwas schiefgegangen. So lässt er sich rat- und ziellos durch die Gassen treiben, vorbei an hoffnungslos überfüllten Restaurants und umlagerten Trinkbrunnen. Die Krise, in die er unaufhaltsam gerät, ist keine bloße Unpässlichkeit, sie ergreift ihn ganz, wird zur Stunde der Wahrheit über sein Leben: Hatte er nicht, heißt es einmal, anders als der radikale Heilige, „seit langem versäumt, sich auf etwas für ihn Entscheidendes einzulassen"?

Schon fordert die Polizei alle Touristen ohne Quartier auf, den Ort zu verlassen. Wir Leserinnen und Leser nehmen Ingrid Bachérs kunstvoll aufs Notwendige verknappte Sätze mit gleichsam angehaltenem Atem auf, um keine Andeutung, keine Nuance zu verpassen. Und zweifeln am Ende, ob Felix Murnau Assisi lebend verlassen wird. „Ein Text", soll Saint-Exupéry gesagt haben, „ist nicht dann vollkommen, wenn man nichts mehr hinzufügen, sondern wenn man nichts mehr weglassen kann." Ein solcher ist „Assisi verlassen".

Die Vieldeutigkeit der Sätze

Zwei Jahre später ließ die Autorin, offenbar in einer Phase besonderer erzählerischer Beflügelung, „Schliemanns Zuhörer" folgen, wieder in einem der hochwertigen Drucke der damaligen Eremiten-Presse aus Düsseldorf (die Intensität der „Assisi"-Ausgabe hatten übrigens Bilder von Ulrich Erben verstärkt). „Schliemanns Zuhörer"[4] verdankt seinen eigentümlichen Titel und seine Grundidee, wie ganz am Ende der Geschichte klar wird, einem Satz aus den Lebenserinnerungen des berühmten Heinrich Schliemann, der für sich in Anspruch nahm, das Troja aus Homers „Ilias" entdeckt und ausgegraben zu haben. Der Satz lautet: „So engagierte ich einen armen Juden, der für vier Franken pro Woche allabendlich zwei Stunden

---

3 Ingrid Bachér: Assisi verlassen. Düsseldorf, Eremiten Presse. Verwendete Zitate von den Seiten 7, 9, 10, 22 und 20

4 Ingrid Bachér: Schliemanns Zuhörer. Düsseldorf, Eremiten Presse 1995. Verwendete Zitate von den Seiten 63, 25 und 16

zu mir kommen und meine russischen Deklamationen anhören musste, von denen er keine Silbe verstand." Die skurrile Episode fällt in die Zeit, als sich der junge Schliemann in einem Amsterdamer Handelshaus emporarbeitet, weswegen er sich auch Russischkenntnisse aneignet. Ingrid Bachér malt sich die Szenerie aus: Wie da ein älterer Mann, Büchertrödler von Beruf, Abend für Abend Schliemanns dürftige Mietwohnung betritt, sich in den Sessel setzt und wenig mehr zu tun hat als den fremdsprachigen Redeschwall des jungen Mannes über sich ergehen zu lassen (der es sich verordnet hat, übungshalber die Russischübersetzung eines französischen Romans über „Telemachs Abenteuer" auswendig zu lernen).

Dabei bleibt dem „Zuhörer" – er ist der Ich-Erzähler der Geschichte – viel Muße, sich in Beobachtungen und Gedanken zu ergehen über die sehr andere Wesensart des Mannes, der ihn angeheuert hat, eines Machers und Strebers mit unbeirrbaren Zielen, und seien es fixe Ideen; eines Zeitgenossen fern von Selbstzweifeln, Skrupeln und jedem Gefühl von Schuld. Wie anders dagegen ist er selbst, der „Zuhörer" – nachdenklich und teilnahmsvoll; einmal schert er aus seiner Rolle aus und hilft dem verschüchterten jungen Mädchen, das wie ein Schattenwesen Schliemanns Räume mitbewohnt für welche Dienste immer.

Und vollends wenn der alte Mann in seinen gedanklichen Abschweifungen auf die Bücher kommt und sich bewusst macht, es seien „nur noch wenige, in denen ich wiederholt lese, mit dem Verlangen, die Vieldeutigkeit der Sätze zu verstehen und dadurch das, was sie zu offenbaren suchen", wenn er von seiner Neigung spricht, „die mit dem Alter immer stärker wird, alles mehrstimmig zu denken, als ergäbe sich der Klang der gelebten Zeit und der Zeit jetzt in diesem Augenblick erst durch das Miteinander von vielem, was sich

gleichzeitig in Erinnerung bringt oder gerade zur Erinnerung wird" – dann gehen wir wohl nicht fehl in dem Eindruck, dass aus diesen Worten der Protagonist ebenso spricht wie Ingrid Bachér selbst. Auch das eine Mehrstimmigkeit. Wer nach Bachérs geistig-literarischem Credo sucht, findet viel in „Schliemanns Zuhörer".

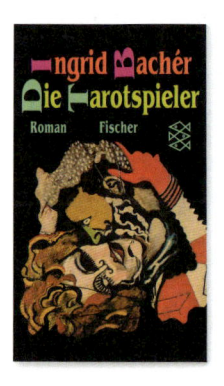

Ingrid Bachér:
Die Tarotspieler,
Fischer Taschenbuch 1989

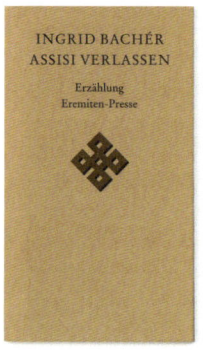

Ingrid Bachér:
Assisi verlassen,
Eremiten-Presse 1993

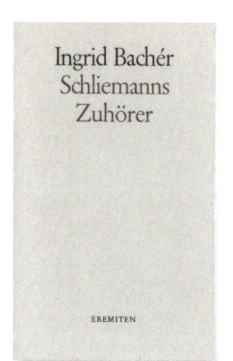

Ingrid Bachér:
Schliemanns Zuhörer,
Eremiten-Presse 1995

Die Vergangenheit vergeht nicht

Mit „Sarajewo 96"[5] wuchsen 2001 Bachérs im Verlag Eremiten-Presse erschienenen Bände – der diesmalige mit beunruhigenden schwarzen Bildzeichen von Günther Uecker durchwirkt, als wäre eine Nagelbombe detoniert – zu einer stimmigen kleinen Erzähl-Trilogie. Von einem namenlosen „Mann", er bezeichnet sich als „alt", ist die Rede, und von dessen Frau, sie sind erstmals in Sarajewo, der Stadt, die die jahrelange grausame Belagerung überstanden hat und noch schwer gezeichnet ist vom Krieg. Der Mann soll im Namen einer deutschen Autorenvereinigung eine Rede halten zur Eröffnung einer Buchausstellung, die aus seinem Land kommt und zum Grundstock einer neuen hiesigen Bibliothek werden soll. Ihm ist nicht wohl bei seiner Aufgabe – das politische Terrain ist schwierig, der Vorwurf zu lange verweigerter deutscher Hilfe liegt in der Luft, die lieblos zusammengestellte Bücherspende erscheint ihm selbst wie ein läppisches „Friedenspflaster über der Wunde Krieg".

Aber da ist noch etwas Tieferes, Persönliches, was den Mann aus dem Gleichgewicht bringt: Die Spuren der Zerstörung in Sarajewo haben bei ihm eine lange verschüttete traumatische Erinnerung aus den letzten Weltkriegstagen vor 50 Jahren wachgerufen – „er stand wieder am Ausgang einer Betonröhre bis zu den Oberschenkeln im eisigen Wasser, 1945." Da war er siebzehn, hatte ein Gewehr, war stolz darauf, schoss. Die Zeit seither hat nichts geheilt, der Mann bleibt, der er ist: „der niemals verlorene Sohn des eisigen Vaters: Krieg." Mit diesen eindringlichen Worten endet die Erzählung, sie sind ihr auch als Motto vorangestellt und stammen vom Schriftsteller Hans Dieter Schwarze, 1926-1994, mit dem Ingrid Bachér 10 Jahre verheiratet war.

Es ist eine alte Geschichte: Die Liebe

„Ich bin im Alter angekommen", notierte Ingrid Bachér am Ende ihrer erstmals 2003 erschienenen Reflexionen „Sieh da, das Alter. Tagebuch einer Annäherung" und fuhr fort: „Ich richte mich ein, aber nicht auf Dauer. Aufmerksam leben, als ob ich eine Schlange beobachte."[6] Ein literarisches Zeugnis dieser ihrer Aufmerksamkeit dem Leben gegenüber, und das schließt bei ihr immer „das Leben der Anderen" mit ein, ist ihre dann bereits 2005 erschienene große Erzählung – umfangreicher als alle bisher genannten – „Der Liebesverrat".[7] Drei Ehepaare, schon lange miteinander befreundet, verbringen den letzten Abend des Jahres in stilvoller Sechs-Gänge-Menü-Atmosphäre. Anders als bei früheren Runden sind sie diesmal nicht zu sechst (Bernward und Harriet, Arthur und Karla, Arno und Nina), sondern zu siebt: Bernward hat seine Nichte Judith mitgebracht, eine strahlend schöne junge Frau, die allein schon kraft ihrer Anwesenheit den gewohnten Rahmen sprengt. Nicht genug, stellt sich auch bald heraus, dass Arno, Ninas Mann, Judith bereits kennt, ja dass sie ein Liebespaar sind und gemeinsame Pläne haben, wie sie der Runde offen kundtun.

Die unerhörte Offenbarung strapaziert das Silvester-Beisammensein natürlich aufs Äußerste, und doch steht man die Belastung gemeinsam durch, ohne wüste Szenen, empörte Abgänge und dergleichen, so sehr sie auch in der Luft liegen. Es bleibt bei einem angespannten Meinungsstreit über Liebe und Treue, Leidenschaft und Konvention, Verliebtheit und Ernüchterung, über das Denkbare und das wirklich Lebbare. Und wie es die Literatur darzustellen vermag, findet dabei nicht nur gesprochene Rede und Widerrede statt, sondern fließt darunter auch ein mächtiger Strom

---

5 Ingrid Bachér: Sarajewo 96. Düsseldorf: Eremiten-Presse 2001. Der Band weist keine Seitenzahlen aus.

6 Ingrid Bachér: Sieh da, das Alter. Tagebuch einer Annäherung. Neuausgabe, Weilerswist-Metternich: Dittrich 2019, S. 190. Siehe auch den Beitrag von Sema Kouschkerian im vorliegenden Band.

7 Ingrid Bachér: Der Liebesverrat. Dittrich 2005.

des Nichtgesagten, dessen was sich ungebändigt meist nur in den Gedanken und Erinnerungen der Anwesenden vollzieht, etwa wenn Nina die euphorischen wie die dunklen Zeiten ihrer Ehe mit Arno vorüberziehen lässt, die Abmachungen, um die sie sich bemühten, aber auch die Entfremdung, wenn kein noch so ruhig und sorgsam gewähltes Wort den Anderen erreicht.

Ingrid Bachér richtet und moralisiert nicht in dieser Erzählung und malt kein Idealbild der Liebe. „Liebe ist, dass der andere mich erträgt", wirft Arthur einmal ein. „Immer wieder neu maßnehmen, um den anderen zu erkennen", sagt Nina. „Der Liebesverrat" ist eine Erzählung, die man mehrmals im Leben lesen sollte, denn in ihrer buchstäblichen Mehrstimmigkeit bietet sie der Leserin und dem Leser – deren eigene Geschichte ja nicht still steht – immer neue Seiten.

Ein nicht nachweisbares Augenzwinkern

Kehren wir am Ende dieses kleinen und höchst unvollständigen Streifzugs durch Bachérs Erzählungen nochmals zurück zu den „Tarotspielern" und einer weiteren darin eingebauten Geschichte, die sich thematisch mit dem „Liebesverrat" berührt, dann aber eine andere, untergründig groteske Wendung nimmt. „Meine Geschichte", so kündigt es in der Rahmenhandlung der Erzähler an, handelt „von der Liebe und der Ohnmacht, vom Sterben und Töten wollen und dem Versuch, die Liebe endlos zu machen."[8] Es beginnt auf einer Sommerparty. Ein Mann, Fabian, wird gewahr, dass seine Frau, Harriet, einen jungen Liebhaber hat. Er beginnt fortan obsessiv zu grübeln, mit welchen Worten er Harriet erreichen und wiedergewinnen könnte – ein grundlegendes und stets in der Vergeblichkeit endendes Thema auch im „Liebesverrat". Fabian entwirft und verwirft Briefe über Briefe, fantasiert sich in klärende Gespräche mit seiner Frau hinein. Aber nichts klärt sich.

Da Harriet die Ehe gleichwohl unverdrossen weiterführt – sie „bestand nur auf einer gewissen Freiheit für sich selber, die nach so vielen Jahren möglich sein müsste"[9] –, gährt es in Fabian immer heftiger: Irgendwann beginnt er über den „perfekten Mord" nachzudenken, holt die alten Kriminalromane hervor, lässt Harriet gegenüber aber alles als wiedererwachtes harmloses Hobby erscheinen, verkündet ihr, er werde nun auch selbst Krimis schreiben. Harriet begrüßt den lange an ihm vermissten Initiativgeist und verspricht, dem Genre selbst nicht abgeneigt, ihn mit kriminalistischem Rat und Scharfsinn zu unterstützen. Gesagt, getan. Die Lebensgefahr, in die sie sich damit selbst begibt, erkennt sie erst spät.

Was in der Kurzfassung vielleicht fadenscheinig klingt, das vermag die souveräne Erzählerin Ingrid Bachér als verteufelt folgerichtig erscheinen zu lassen. Man weiß nicht einmal genau, ob sie dem Leser verstohlen zuzwinkert. Das ist Subtilität, auf die Spitze getrieben.

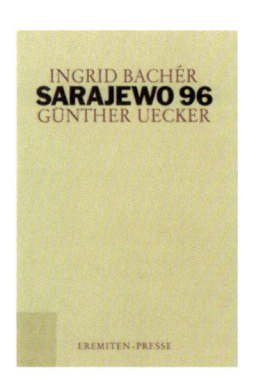

Ingrid Bachér, Günther Uecker: Sarajewo 96, Eremiten-Presse, 2001

Ingrid Bachér, Der Liebesverrat, Dittrich Verlag

---

8 Ingrid Bachér: Die Tarotspieler (= Anm. 1), S. 104.
9 Ebd., S. 124.

Sema Kouschkerian

Das Leben, welche Chance – eine Möglichkeit, kein Besitz

Ingrid Bachérs Tagebuch einer Annäherung an das Alter

Ingrid Bachér hat ein hinreißendes Buch über das Alter geschrieben. Das klingt vielleicht seltsam, da viele Menschen allein der Gedanke an die Lebensneige erschreckt. „Sieh da, das Alter"[1] jedoch segelt auf einem gelösten Grundton durch das Geäst von Erinnerung, Hoffnung und Existenz. Es ist fast so, als schöbe eine Erkenntnis die nächste an, wodurch sich der Blick für das Wesentliche wie von selbst zu weiten scheint. In unserem Gespräch über das Buch, das erstmals 2003 publiziert und 16 Jahre später noch einmal aufgelegt wurde, äußert Ingrid Bachér einen Wunsch für den vorliegenden Beitrag: „Bitte schreiben Sie nicht in Form von Anekdoten. Das sind keine Anekdoten, auch wenn ich manches anekdotisch erzähle." Die Schriftstellerin betreibt ihre Selbstbeobachtung mit präzisem Charme und hat so eines der vielleicht unsentimentalsten Werke hervorgebracht, das je über das Altwerden und das Sterben verfasst wurden. Zugleich birgt die Direktheit ihrer Schilderungen jene Umsicht, die es braucht, um sich seinem Dasein ohne Bitterkeit zu stellen. Dies Können wird getragen von einer Art des Wahrnehmens, die auch gute Anekdoten adelt: Esprit. Mag also sein, dass die klangliche Textur von Bachérs „Tagebuch einer Annäherung", wie es im Untertitel heißt, mit jener von Anekdoten verwandt ist. Zu keinem Moment jedoch droht der Streifzug durch die Seele ins Komische zu kippen. Er bleibt würdevoll. Das Versprechen fällt also leicht, liebe Frau Bachér: Keine Anekdoten.

Alles beginnt in Italien. In Bagnoregio, am Bolsenasee, unweit von Rom. Nur in Italien, sagt Ingrid Bachér, habe sie das Buch schreiben können. Seit vielen Jahren verbringt sie die Sommer dort. Sie kann nicht genug bekommen von den Menschen, die ihr in die Augen schauen. „Sie sind klarer als wir", sagt sie. Italien ist ihr schon ein Arkadien, da ist sie noch ein Kind und besucht ihre „älteste"[2] Tante Bertha in Lübeck, in deren Zimmer ein Bild der römischen Campagna hängt. In diese beglückende Kulisse aus gemalten Hügeln, Grün, Tuffen und Flüssen hinein beklagt die Tante norddeutsch knapp, der Tod habe sie wohl vergessen. Jahrzehnte später steht ihre Nichte 73-jährig vor den etruskischen Gräbern bei Tarquinia in Latium und erinnert sich an diese „früheste Begegnung mit dem Alter"[3]. Die Verflechtung von Zerfall und Ort vermochte sich dem Kind von damals nur vage zu eröffnen. Der Schriftstellerin jedoch ist die Topologie des Vergehens essenzieller Ausgangspunkt für die Beschäftigung mit dem Alter, aus dessen Territorium jetzt immer neue Fragen aufsteigen und in den Alltag dringen. Sie habe das Buch nicht zu schreiben begonnen, weil sie gedacht habe, oh Gott, sie werde alt, sagt Ingrid Bachér. Das sei ja normal. Den Schrecken habe man ab und zu, vergesse ihn aber wieder. Ausschlaggebend seien die Gräber der Etrusker gewesen, die sie gesehen habe. Die Leichtigkeit, die sich die Lebenden im Umgang mit ihren Toten erlaubten. „Heiter und jung sind die Menschen auf den sanft glühenden Fresken in den Grabkammern der Etrusker" schreibt Bachér. „Sie tanzen und musizieren und begleiten den Toten, der würdevoll Abschied nimmt"[4]. Beim Besuch der alten Nekropole entdeckt sie das „Glück der Nicht-Verängstigten. Eine Gegenwelt zu der des Alters. Das Leben – eine Möglichkeit, kein Besitz"[5].

---

1 Ingrid Bachér, Sieh da, das Alter. Tagebuch einer Annäherung, Weilerswist-Metternich: Dittrich Verlag 2019.

2 Ebd., S. 25.

3 Ebd., S. 25.

4 Ebd., S. 10.

5 Ebd., S. 10.

„Heiter und jung sind die Menschen auf den sanft glühenden Fresken in den Grabkammern der Etrusker."

Die etruskischen Gräber sind Bachér also eine „gute Umgebung, um über die eigene Vergänglichkeit nachzudenken"[6]. Um auszuprobieren, welches Arrangement, welche Anschauung helfen könnte, sich das Alter zu gestatten. Sich darin einzurichten, jetzt, da der Vorrat an Leben schwindet und die körperliche Versehrtheit zunimmt.

Die Wunschkraft hat in meinem Leben eine große Rolle gespielt. Ich habe sie oft eingesetzt und verdanke ihr viel. Jetzt versuche ich es noch einmal, in dem ich nichts anderes wünsche, als das Alter nicht zu verpassen, zu erkennen, was es bedeutet und was sich in dieser Zeit für mich neu zeigt."[7]

Der Übertritt in das „Alter als Form der Existenz"[8] führt Ingrid Bachér zurück zum Tod von Vater und Mutter. Sie erzählt, wie sie ihrem Vater aus der Schnabeltasse zu trinken gibt, wie sie seine Füße wäscht und ihn wickelt. Franz Bachér stirbt, wie er einst zur Welt kam, nackt, den Oberkörper geneigt und die Beine angewinkelt wie ein Embryo im Mutterleib. Mit großer Ruhe beschreibt die Tochter die letzten Tage und Stunden des Vaters in der Gewissheit, dass alles miteinander verbunden ist. Die Erkenntnis steigt aus dem unmittelbar Erlebten empor und setzt im Moment tiefster Trauer eine ungeahnte Kraft frei. Ganz so, als sei das Nachdenken über den eigenen Tod plötzlich aller Last enthoben. Als die Mutter stirbt, kehrt die Angst zurück.

„Sie schrie um Hilfe (...) Später begann ich, mich zu fürchten. So als würde sie mich mitnehmen können, mich vorzeitig hinabziehen (...)"[9]

Das Entsetzen über das, was kommen kann, was kommen wird, schwillt an wie eine Panikattacke. Extrem und kurz.

Ingrid Bachér schreibt das alles auf. Ein halbes Jahr lang führt sie Buch über ihr Leben. Sie verknüpft gegenwärtige Begebenheiten wie die „sich immer tiefer öffnende"[10] Sternschnuppennacht von St. Lorenzo, die sie auf einem Hügel mit Freunden erlebt, mit Rückblicken und Perspektiven, mit geschichtlichen Betrachtungen und literarischen Einsichten. Sie taucht im Glück und hadert mit dem Vergehen. Bei all dem lässt sie sich Zeit, hetzt nicht durch ihre Erinnerungen und Erkenntnisse, lässt sich nicht treiben von Geschehnissen und Verletzungen. Als sie ihrer Freundin Claudia erzählt, dass sie ein Buch über das Alter schreibt, bläst die Freundin zum Angriff. Sie habe es von sich aus nicht ansprechen wollen, aber jetzt sei wohl der Zeitpunkt da: Ingrid Bachér sei „tatsächlich sehr alt geworden"[11]. Die Schriftstellerin möchte daraufhin am liebsten „auf leichten Sohlen davongehen"[12].

---

6   Ebd., S. 15.
7   Ebd., S. 156.
8   Ebd., S. 117.
9   Ebd., S. 188.
10 Ebd., S. 45.
11 Ebd., S. 105.
12 Ebd., S. 106.

Im Alter verankern sich Unsicherheiten in uns wie Efeu in der Erde. Erschöpfung stellt sich rascher ein als früher, Diskussionen werden mühsamer, der Schlaf unruhiger. Ingrid Bachér spricht dies wie zur Bekräftigung klipp und klar aus. Gerade darin liegt eine neue Sicherheit, zu welcher die bildende Kunst eine Spur legt. Bachér hat sich eingehend mit Caravaggios Bild „Judith enthauptet Holofernes" beschäftigt. Es zeigt die schöne Judith, die dem Feldherrn Holofernes den Kopf abschlägt, um ihre Stadt zu retten; etwas abseits steht eine alte Magd. Die vom Verfall gezeichnete Frau ist Bachér „Sinnbild des Alters"[13]:

„(...) hier ist das Alter angekommen. Erhöhte Aufmerksamkeit und zugleich Distanz zum Geschehen, das erscheint mir als die große Möglichkeit des Alterns."[14]

Auf diesen zentralen Gedanken laufen alle Schilderungen im Buch zu. Wir werden Zeuge einer kraftvollen Selbstbetrachtung, die Ingrid Bachér vor uns ausrollt wie einen roten Teppich. Staunend folgen wir ihren analytischen Offenbarungen und begegnen dabei uns selbst.

Das Buch schreibt sie größtenteils in Bagnoregio, nur die letzten Seiten entstehen in Düsseldorf. „Schreiben", erklärt die Schriftstellerin, als wir telefonieren, „ist immer eine Möglichkeit, einen Gedanken klarer zu strukturieren oder überhaupt erst in seiner Bedeutung zu fassen. Oder auch, um damit fertig zu werden." Das Tagebuch zu veröffentlichen, sei weder geplant noch nicht geplant gewesen. Jedoch hat sie eine mögliche Literarisierung ihrer persönlichen Aufzeichnungen wohl mitgedacht. Wie kann es auch anders sein, wenn das Schreiben und die Anteilnahme an der eigenen Zeit so verwoben sind wie bei Ingrid Bachér. Im Heinrich-Heine-Institut Düsseldorf liegen frühe Manuskripte von „Sieh da, das Alter", die Abweichungen gegenüber der Buchpublikation aufweisen. Freunde, die erwähnt werden, tragen noch keine Namen, ganze Tage fehlen, der Tod des Vaters wird komprimiert erzählt. Auch enthalten die Manuskripte von damals intime Details, die Bachér später streicht. „Mir ging es in erster Linie darum, eine Ordnung in das zu bringen, was ich

„Erhöhte Aufmerksamkeit und zugleich Distanz zum Geschehen, das erscheint mir als die große Möglichkeit des Alterns."

auf viele Zettel aufgeschrieben hatte", sagt Bachér. Nur der fast schon beschwingte Titel „Sieh da, das Alter", der war schon lange vor dem Buch da. Er regte sich im Hinterkopf der Schriftstellerin, als sie vor Jahren bereits an einem Einzel-Beitrag über Caravaggios Gemälde von der Enthauptung Holo-

---

13 Ebd., S. 116
14 Ebd., S. 117.

fernes' arbeitete. Die alte Frau und die Heftigkeit des Todes lassen sie damals an den Schriftsteller Vladimir Nabokov denken, den sie in ihrer Jugend sehr verehrte. Nabokov hat einst seine Lebensgeschichte in einem Buch parodistisch verarbeitet und das ganze biografische Genre gleich mit. Dem Roman gab er den Titel: „Sieh doch die Harlekine"[15]. So fügt sich bei Ingrid Bachér eine Assoziation zur anderen und ein heiter-beobachtendes „Sieh da" tritt schließlich hervor. „Ich finde es für das Alter ideal", sagt sie.

2003, als das Buch erstmals erscheint, schreibt Ingrid Bachér am Schluss: „Ich bin im Alter angekommen. Ich richte mich ein, aber nicht auf Dauer. Aufmerksam leben, als ob ich eine Schlange beobachte"[16]. Im Nachwort der Neuauflage jedoch revidiert sie die Annahme von damals: *„Nun, da irrte ich, es sind (...) Jahre vergangen, seitdem ich dies schrieb, und ich habe gelernt: das Alter ist kein begrenzter Raum, sondern eine Landschaft, weitläufig und unmessbar, nie ganz zu erkunden (...)"*[17]

Hier zeigt sich: Kein Trost vermag souveräner zu sein als jener, der aus der Erfahrung erwächst, dass sich Bedrängnis gut in Schach halten lässt, wenn dies im Einverständnis mit dem Leben geschieht. Ingrid Bachér hat viele Interviews gegeben.

In „Sieh da, das Alter" wundert sie sich darüber, dass Prominente oft danach gefragt werden, was sie lieben, welchen Dichter, welchen Musiker sie schätzen. Sie selbst würde stattdessen lieber fragen: „Sind Sie gerne auf der Welt? (...) Genießen Sie jetzt Ihr Alter? (...) Waren Sie genügend glücklich?"[18] Und sie, war sie genügend glücklich? „Ja!" ruft sie. „Aber wissen Sie, Glück ist eigentlich nicht die Hauptsache. Glück empfinde ich jedes Mal, wenn ich aufwache und das Licht sehe und schreibe. Das ist für viele Menschen vielleicht nicht genug. Mir geht es um Intensität. Ich war bestimmt nicht genügend intensiv, aber immer auf dem Weg dahin."

Ingrid Bachér, Sieh da, das Alter. Tagebuch einer Annäherung, Dittrich Verlag 2019

---

15 Vladimir Nabokov, Sieh doch die Harlekine! Reinbek bei Hamburg: Rowohlt 1979.

16 Ingrid Bachér, Sieh da, das Alter. Tagebuch einer Annäherung, Dittrich Verlag 2003, S. 190.

17 Bachér 2019 (=Anm. 1), S. 193.

18 Ebd., S. 69ff.

Gaby Hartel

Alchemie des beglückenden Gesprächs
Ein Text für Ingrid Bachér

„Es liegt ein sonderbarer Quell der Begeisterung für denjenigen, der spricht, in einem menschlichen Antlitz, das ihm gegenübersteht; und ein Blick, der unseren halb ausgedrückten Gedanken schon als begriffen ankündigt, schenkt uns oft den Ausdruck für die ganze andere Hälfte desselben."

Heinrich von Kleist

Und dann ist er plötzlich da! Dieser Funke, der überspringt von einem Bewusstsein zum anderen. Gezündet in einem kleinen Zufallsmoment, der die unerbittlich uns umströmende, uns weiter treibende Zeit in einen schwebenden, pulsierenden, glitzernden Augenblick der Dauer verwandelt. Einen Augenblick der seelischen und zeitlichen Tiefe, in dem die beiden miteinander sprechenden Menschen zu etwas Drittem gelangen. Zu einem Zustand, der neue Energien, neue Gedanken, neue Wirklichkeiten hervorbringen kann. Nur die offene, großzügige Form des gelungenen Gesprächs verfügt über diesen Zauber – niemals der um sich selbst kreisende, das Gegenüber lediglich als Empfänger betrachtende Monolog. Virginia Woolf hat das kreative Zusammenspiel geistiger Entitäten angelsächsisch knapp auf den Punkt gebracht: „Ich sage etwas; Leonard sagt etwas; und beide hören wir eine dritte Stimme".

Was mich an Kleists lebendiger Erkenntnis außerdem fasziniert, ist seine Einsicht, dass es beim geglückten, weil zu etwas Neuem kommenden Gespräch um eine gekonnte Balance von produktiver Langsamkeit und schöpferischer Schnelligkeit geht. Es braucht schon einen zeitlichen Vorlauf, um den magischen Moment, den Augenblick des flinken geistigen Zugriffs, entstehen zu lassen. Ihm geht ein bereits länger andauerndes Gespräch voraus, vielleicht ein gemeinsames Suchen: nach der Gedankenform und dem Ausdruck der jeweils Sprechenden, die gespiegelt wird durch das gespannte, schöpferische Zuhören des Gegenübers. Kleist deutet außerdem stillschweigend an, dass die Bekanntschaft zu diesem zuhörenden „Antlitz" schon über die Dauer der hier beschriebenen Unterhaltung hinausgehen muss. Dass also eine persönliche Geschichte des Austauschs besteht. Denn eine entscheidende Zutat im alchemistischen Prozess des beglückenden Gesprächs, wie Canetti es nannte, ist das Vertrauen. Beide Gesprächspartner müssen aus Erfahrung wissen, wie stark, wie bedingungslos offen und freudig die jeweils entgegengebrachte Neugierde ist und wie gekonnt unser Denken zurückgespielt wird.

Eine entscheidende Zutat im alchemistischen Prozess des beglückenden Gesprächs, wie Canetti es nannte, ist das Vertrauen.

Und dass ein erst vage gefühlter Gedankengang nicht durch ungeschickte Bewegungen verschwinden wird, ehe er sich materialisieren konnte. Wobei die Dauer einer fruchtbaren Gesprächs-Beziehung auch unabhängig von der realen Person des Gegenübers sein kann. Kennt nicht jede von uns die wunderbaren Momente funkensprühenden Denkens mit völlig fremden Menschen? So erging es mir mit Ingrid Bachér.

Wir sind uns zum ersten Mal 2001 begegnet. In Mestre bei Venedig, vor einer riesigen, gesichtslosen Hotelburg, in die es sie wie meine kleine Freundesgruppe zufällig verschlagen hatte. Die Freunde hatten Ingrid am Tag zuvor auf der Biennale kennengelernt, die sie besuchte, weil Gregor Schneider, über den sie schon sehr früh einen Essay geschrieben hatte, mit TOTES HAUS u r den deutschen Pavillon bespielte. Mich hatte mein Buch über Samuel Becketts Film Comédie dorthin gebracht, der von Harald Szeemann im Arsenale gezeigt wurde. Im Kleinbus zur Piazzale Roma entwickelten sich unsere ersten Höflichkeitsformeln in Sekundenschnelle zu einem intensivem, funkelnden Gespräch, das stundenlang anhielt, und das seither nicht abzureißen scheint. „Wie merkwürdig", meinte ich später an diesem Tag, „wir haben uns doch heute erst kennengelernt". „Aber nein", lautete die Antwort, „ich kenne Sie doch schon seit 40 Jahren". Denn ich erinnere sie an eine Freundin, Eithne Kaiser-Wilkins, Übersetzerin und Frau der Literaturwissenschaftlers Ernst Kaiser, dessen verlorenes Romanmanuskript „Geschichte eines Mordes" durch unsere Begegnung dann wiedergefunden und 2010 veröffentlicht wurde. Doch die Chronologie dieses Zufalls wäre eine andere Geschichte.

Oft ist unsere seit mehr als zwanzig Jahren andauernde Unterhaltung angereichert mit Rückgriffen auf Freundschaften einer ganz anderen Art: „Bei Joseph Brodsky habe ich gelesen ...", „kennst Du den Sozialphilosphen Richard Sennett ...", „ah, Mascha Kaléko! ...", „das Buch muss ich Dir schicken! ..." Und so erlebe ich gemeinsam mit Ingrid Bachér immer wieder etwas, das vor mir schon Montaigne, Virginia Woolf oder Hannah Arendt erlebt haben und niederschrieben: dass nämlich auch Bücher Freunde sind, mit denen über Jahre, Jahrhunderte und Jahrtausende hinweg fruchtbare Gespräche geführt werden können. Und uns so spüren lassen, dass wir Teil einer uralten Gesellschaft von Menschen sind. Menschen, mit denen wir in eine virtuelle Öffentlichkeit eintauchen, die belebt wird von der nie versiegenden Energiequelle des Gedankenaustauschs.

Im Dom von Orvieto ist ein solcher Austausch in einem Bild festgehalten. Sein Titel: *Sacra Conversazione*, zugeschrieben ist es dem Maler Domenico Maria Muratori. Ein junger Heiliger kniet da in einer Landschaft und balanciert auf dem Schoß ein geöffnetes Buch. Seine Gesten sind bewegt, und er scheint den Umstehenden dringend etwas mitteilen zu wollen (oder mitgeteilt zu haben). Trotz der Dramatik seines Ausdrucks ist jeder der Umstehenden bei sich, still, konzentriert; vielleicht lauscht er dem soeben Gehörten nach. Und dennoch sind alle zu einer größeren thematischen Einheit verschmolzen. Noch ist nicht ausgemacht, wer als nächster sprechen wird. Seit 1729 befinden sie sich in diesem heiligen Gespräch, im magischen Zustand der angehaltenen, erfüllten Zeit, die vibriert von ausgetauschten Sympathien, Gedanken und Blicken.

Mir kommt es beim Betrachten dieses Bilds so vor, als habe Schopenhauer sich rückversichert bei diesem Muratori, als er den Begriff der „zeitlichen Unsterblichkeit" prägte.

Die Zeit, in der die Zeugin hätte aussagen können

und andere Texte von Ingrid Bachér

Früh am Morgen: Kreuzberg
Erzählung, 1966

Da war ich ihnen entkommen, war davongelaufen und hatte meine Spur verwischt. Sie hatten mich halten wollen, weil man nicht aufbricht zwischen Nacht und Tag, da wartet man noch, bis das morgendliche Licht bestätigt, daß es ein fröhlicher Abend war. Aber ich lief ihnen davon, warf die Flasche in ein Bild, sagte, die Nachtluft täte mir nichts, und entwich durch das schwarze Bild, vollkommene Finsterheit, Notausgang meiner Träume. Und war ich erst an der Ecke, kam auch schon der Morgen, so klamm demütig und aschfarben wie in allen Großstädten, schlich sich ein in die Straßen, die von der Nacht verlassen dastanden, in die öde Weite eines ausgestorbenen, nun gemiedenen Lagers.
Ich versuchte mich zurechtzufinden. Ich war in Kreuzberg, da staubt die Armut, und kaum ein Haus beschönigt die Ruinen. Ich stolperte über die niedergewalzten Trümmerflächen, riß mich hoch und flüchtete in noch bebaute Straßen. Ich mußte nah der Grenze sein. Ich kannte mich nicht aus. Stuck war von den Mauern geschlagen, und dort wo man ihn noch fand, besaßen die Häuser einen gammeligen grauschwarzen Rest von Schönheit. Mitten auf der Straße begann ich zu schreien, damit sich irgend jemand in dieser künstlichen Stadt zeige. So konnte es doch nicht sein, daß alles tot war. Regte sich da nichts hinter den Gardinen? Nichts. Wind nur vom Kanal oder kopfüber gegen den Kanal. Ich war im Kreis gelaufen, traf mich wieder an dem fremd aufgeputzten U-Bahnhof Gleisdreieck. Hier müßte man wohnen, hier es aushalten in der Misere, gottverlassen, und die Rentengroschen zählen, übern Daumen die Krankheiten anpeilen, mit zusammengebissenen Zähnen die Trunkenheit überstehen von Bier und Schnaps. Was könnte einen aussöhnen mit diesem Leben, das hier Abend für Abend in einer dieser Türen mündet, in einen gedrückten Schlaf, der immer noch nicht und eines Tages doch gewiß in das Nichtmehrda und vielleicht Beigott führen würde. Soll ER doch keine Umstände machen und hier das Jüngste Gericht abhalten. Welch nicht endendes Erbarmen! Welche Schuldfrage noch? Alle müßten neu erschaffen werden, bevor sie zu richten wären. Ich orientierte mich an dem hohen Gebäude des Hilton-Hotels, das weit entfernt stand. Ich schlug die Richtung dorthin ein, lief wieder, als hätte ich die fröhliche Abendgesellschaft hinter mir auf der Straße in Kreuzberg, als hätte sie nun meine Verfolgung aufgenommen und ließe nicht ab mit Scherzen. Nein, ich gewöhn mich nicht! rief ich zurück, dahin wo niemand war, nachhallend geleerte Straßen, abgehäutete Häuser, windfreies Vorbei und immer noch Ich, die da lief, Echos hörte und andere erwartete, herzklopfend, schweißnaß und rufend ohne Stimme vor Angst, daß dies es also war, was zu überstehen war, meine Stadt, in die ich mich einrichten sollte zu keinerlei Frieden.
Himmelhoher Himmel über mir, in den sich nun die Rauchfahnen einer mickerigen Fabrik schwenkten. Ich ging langsamer, atmete mühsam. Ein Klumpfüßiger ging vorbei, er trug einen Beutel aus Militärstoff und trat an einen Bretterkiosk, in dem eine Frau Kaffee kochte. Auch ich blieb bei ihr stehen. Vielleicht um mit ihr zu reden. Sie war freundlich und gesprächig, da schwieg ich. Während ich trank, kamen Arbeiter aus der Fabrik, schlafaugig und schweigsam. Ich ging weiter. Wie wenig doch selbst die Anwesenheit von Menschen diesen Stadtteil belebt. Ich las Zettel, die an den Türen hingen. Schuppen und Hallen waren zu vermieten, zu verkaufen. Der Klumpfüßige überholte mich, mit dem Beutel

in der Hand. Nehmen Sie meine Schritte mit, rief ich, hier komme ich doch nie mehr heraus. – Oder ich rief es nicht. Vielleicht war der Mann auch gar nicht klumpfüßig, vielleicht war er nur müde und schlurfte daher. Möglicherweise war er der Kneipenwirt von der Spanischen Taverne oder der Ungar aus der Tauschzentrale. So Berliner wir alle? Die Freundschaft, die ich für diese Stadt empfinde, muß verborgen bleiben. Wer kann das Schellengeläut des Solidarischen noch hören? Ich verlief mich in einen Hinterhof, war umstellt von weißen Kachelwänden, feste, glasierte Mauern, die noch immer standen, obwohl schon längst ausgeweidet, ausgebrannt. Verkohlte halbemporgerissene Jalousien im Kachelweiß. Ausgeatmet war auch der letzte Feuerhauch, zum Fenster hinausgesprungen. So helft doch!

Der Hinterhof ist kein Sprungtuch, die Ruinen umfassen ihn fest und ihre Türen sind zugemauert, die glänzenden Hauskadaver geben den Hof nicht frei. Widersinnig erscheint nur das Waschhaus, das noch bewohnt wird. Ein Licht brennt im Flur. Der Hinterhof engt sich immer mehr ein, staubt zu, alle Geräusche fangen sich nachklappernd in ihm, eine Klapper für Kreuzberg, ich entkomme nicht.

Aus: Schnittpunkte. Eine Dokumentation der Berlin-Stiftung für Sprache und Literatur. Hrsg. von Rudolf de Le Roy. Berlin: Propyläen 1966, S. 18-20.

Die Zeit, in der die Zeugin hätte aussagen können
Erzählung, 1981

Furcht war dieser Fahrt vorausgegangen. Sechsunddreißig Jahre lang hatte sie wiederholt, was geschehen war und es fortgedacht, es versetzt und war erneut davon überfallen worden, hatte versucht, darüber zu reden und geschwiegen, hatte nicht preisgeben können, was verletzbar war und zugleich verletzte: Erinnerung, die alles unterfing, unterlegte, durchschlug. Gezwungen so, immer wieder genau wahrzunehmen, hatte sie einwärts gesehen, in den Kopf hinein, gegen die Rückwand der Augen, wo noch immer, uneinsehbar von außen, der Schrecken ablief in seinen ausgeformten Bildern.

Sie war geübt darin, sich selber hinzuhalten mit Gegenwärtigem, weil kaum zu leben war, wenn ständig anwesend blieb: wie man jene aufgehängt hatte, kaum sechzehn die Schwester, abgeschnitten das Haar, nackend die Füße einen halben Meter vom Boden entfernt. Dies alles hatte sie schon bezeugt vor drei Jahren, wenn auch nur bruchstückhaft, und auch vor zehn Jahren zu Protokoll gegeben, was nicht ausgereicht hatte. Wiederholend also vor Gericht sollte sie nun aussagen, wie es gewesen war, damals im August, wie die Tote barfuß in der Hitze hing, die Ermordete vor ihrer aller Augen. Bezeugen würde sie dies im Angesicht der Angeklagten, der Frauen, blutige Brygida und Stute genannt, mit bürgerlichem Namen ihr nie bekannt gewesen.

Der junge Mann, der in diesen beiden Tagen hier ihr Begleiter und Übersetzer sein sollte, fuhr sie vom Hotel zum Gericht. Er fuhr langsam, um ihr hilfreich zu sein und benannte gelegentlich das, was sie sah. Sie saß neben ihm im Auto und ließ es sich gefallen, sah eine geordnete, wohlhabende

Stadt, selten protzig und wenn, dann gemildert durch Historisches, durch breitgefächerte Parkanlagen und den Fluß, der beständig schön und fremdartig war.
Schon die Abwesenheit von Armut und Dreck läßt die Stadt so harmlos erscheinen, sagte der Student neben ihr. Sie sprachen deutsch miteinander, es war ihr möglich. Der Rhein machte nun eine Biegung. Das Ufer schob sich weit vor, ungefaßt verlief es sandig im Wasser, flach wie spielerisch sich einschmeichelnd. Es ist nichts Düsteres in der Stadt, dachte die Frau, und diese Abwesenheit alarmierte ihr Denken. Sie wünschte, freigelassen zu werden. Er fuhr an Hochhäusertrakten vorbei, das Auto schloß sie ein, alles was sie sah, war draußen, durchs Glas von ihr getrennt, eine glänzende, sich spiegelnde Stadt.
Es läßt sich in ihr leben, sagte der junge Mann und lächelte. Sie kurbelte das Fenster herunter, hörte das Geräusch der auf dem Asphalt laufenden Reifen und den Lärm des Lastwagens neben sich, in dessen Schlagschatten sie nun kamen. In doppelter Kolonne fuhren die Autos über die Brücke. Jenseits des Flusses sah sie die Häuserzeilen sich farbig halten gegen die Auflösung im Licht.
Auch damals war Sommer gewesen, als sie ins Lager kam mit den Kindern. Beschreiben Sie, wie der Lastwagen aussah, auf den man die Kinder stieß. Hatte er eine Plane, bedeckte die Plane vollständig das Gestänge über der Ladefläche? Wer stieß die Kinder darauf, wer schlug die metallene Lade zu, ohne auf die Hände der Kinder zu achten, und wieso verstanden Sie etwas, wenn doch alle schrien, Befehle, Flüche, Bitten – oder war da nicht Stille gewesen? Durch die Altstadt fuhren sie fast im Schrittempo, aufgehalten durch Passanten, durch Autos, die eine Parklücke suchten. Die Menschen wirkten auf sie vertraut, verletzlich und so erreichbar, wie jene bei ihr zu Hause, acht

Flugstunden von hier entfernt. Oder irrte sie sich? Sahen Sie tatsächlich, daß man Ihrer Schwester die Schuhe ausgezogen hatte, bevor man sie erhängte? Sie fürchtete wieder diese Fragen zu Einzelheiten. Der junge Mann hielt sie am Arm, als sie in das Gerichtsgebäude traten. Die Reise war eine Anstrengung gewesen, der sie sich kaum noch gewachsen gefühlt hatte und nun wurde ihr schwindlig. Das Haus war durchzogen von Treppen und Fluren, eine feste Burg. Sie folgte den Weisungen bis zum Gerichtssaal, ihr Atem reichte kaum aus. Doch noch waren die Angeklagten nicht anwesend. Nur eine Schulklasse drängte sich im Hintergrund des Raumes, wo die wenigen Reihen für die Zuschauer reserviert waren.
Die Frau setzte sich auf den Stuhl neben dem jungen Mann, seitlich von den Plätzen der Richter. Schräg vor ihr standen die Stuhlreihen für die Angeklagten und ihre Rechtsanwälte. Auf einem Platz lag ein Blumenstrauß, Sommerblumen. Einen Augenblick lang meinte sie, den Duft riechen zu können, und Heimweh überkam sie. Hinter ihr hing die Karte von Majdanek, geordnet die Häuserblocks in Kästen, bezeichnet mit Buchstaben, mit Zahlen die Wege. Überprüft war alles, festgehalten und gegenwärtig, so auch der Tag, an dem die Lastwagen abfuhren, der Tag, an dem die Gefangene erhängt worden war. War sie barfuß, oder sahen Sie Schuhe an ihren Füßen? Konnten Sie die Füße Ihrer Schwester überhaupt sehen von dem Platz aus, auf dem Sie standen? Zeigen Sie uns auf dem Lagerplan Ihren Standort von damals. Die Zeugin fürchtete sich vorm Anwachsen der Stille in ihrem Kopf, fürchtete sich vor dem, was sich nun ausbreitete und das Bekannte wegwendete, abstürzen ließ. Der Raum füllte sich mit den Angeklagten und ihren Verteidigern.
Gleich wird man sie aufrufen. Sie wird die Angeklagten identifizieren müssen, obwohl alle dem

Gericht längst bekannt sind. Noch einmal soll sie sagen, was so viele schon vor ihr gesagt haben. Der junge Mann kannte die Prozedur, sie bewegte ihn, und er haßte sie. Die Frau wird durch die Reihen gehen und stehen bleiben und auf eine der ihr fast Gleichaltrigen weisen und sagen: Ja, ich erkenne sie. Früher war sie sehr schön. Sie schlug immer mit irgendetwas, nie schlug sie uns mit der Hand. Sie ekelte sich davor, uns zu berühren. Der junge Mann blickte von ihr zum Richter, der nun die Verhandlung eröffnete. Die Spielregeln waren bekannt.

Die Zeugin verstand nicht, was der Richter sagte, doch gab sie sich Mühe, versuchte, sich auf die einzig mögliche Ebene zu bringen, auf der man sich hier verständigen konnte, jenseits der mit Toten durchsetzten, zärtlich hilflosen. Sie sah die Leute an, die ihr am nächsten saßen und stellte fest, wie zuvor auf der Straße, daß sie erstaunlich gut ausgestattet waren. Es gab keine sichtbaren Verletzungen, keine fehlenden Zähne, wenn sie lächelten. Der junge Mann, der ihr die Verhandlung übersetzen sollte für den Fall, daß ihre Deutschkenntnisse nicht mehr ausreichten, legte ihr die Hand auf die Schulter. Ja, sie wollte sprechen, durchstoßen mit ihren Worten diese Stille, freilegen den Weg für sich selber und für jene, die damals mit ihr waren, für die sie zeugen mußte, da sie nicht mehr sprechen konnten, versunken waren und doch noch immer anwesend. Sie wollte die Worte hinstellen, so daß sie vorhanden waren wie die Menschen, wie die Häuser, wie die Stadt und der Fluß. Sie wollte aussagen vor den Frauen in aller Deutlichkeit, was jene dort getan hatten, woran sie Teil hatten und was auch ihre Schuld war. Sie erwartete keine Antwort, keine Erklärung, möglicherweise jedoch ein Echo.

Der junge Mann übersetzte ihr, was der Richter gesagt hatte, nun da er bemerkte, daß sie auf die deutschen Laute nicht reagierte. Die Verhandlung wurde nur eröffnet, um gleich wieder geschlossen zu werden. Sie wird verschoben wegen Unpäßlichkeit eines Beisitzers, und er ist nicht austauschbar, weil schon die erlaubte Anzahl von Austauschmöglichkeiten in der Zusammensetzung des Gerichts bis zur äußersten Grenze ausgeschöpft worden war, was wegen der Länge dieses Prozesses verständlich erscheinen konnte. So versuchte er ihr zu erklären, und er übersetzte weiter, was man ihm aufgetragen hatte, bevor sich alle wieder erhoben und den Raum verließen: Vielleicht wird man Sie im Herbst bitten, die Reise in diese Stadt erneut zu machen. Und er machte eine vage Geste, die seine Ohnmacht andeutete.

Aus: Nahaufnahmen. Neue Texte Düsseldorfer Autoren und ein Tagebuch. Hrsg. von Klas Ewert Everwyn. Düsseldorf: Triltsch 1981, S. 59-61.

„Als durchbräche er selber seine Angst"
Aus der Erzählung: „Assisi verlassen", 1993

Das Atmen fiel ihm schwer, doch tat ihm das Gehen gut, er wollte nicht aufgeben. Jetzt sah er den Minervatempel, den Giotto so schmal gemalt hatte, als sei er ausgezehrt vom Licht, oder als ob in Anwesenheit des kleinen asketischen Heiligen sich alles Stoffliche von sich selber lösen wollte, soweit es eben noch möglich war ohne die Form zu verlieren.
Auf den Stufen der an- und absteigenden Wege lagen Schläfer, Betrunkene. Vorsichtig stieg er über sie hinweg. Am Straßenrand standen eine lange Reihe qualmender, flammend brennender Fackeln. Öl und Werg in alten Konservenbüchsen. Von fern hörte er die Trommeln, die näher kamen. Er lehnte sich an eine Hauswand und sah die Flagellanten vorbeiziehen. Eine Prozession fast nackter Männer, jeder sich selber peitschend. Ein Mädchen hielt ihr Taschentuch an den wunden Rücken dessen, der zuletzt ging, bis es ganz mit Blut durchtränkt war. Dahinter Leute, alte mit Stöcken, junge und Kinder, feixend und johlend. Massenhysterie, ohne vernünftigen Grund, sagte ein älterer Mann, der mit seiner Frau zusah. Die Leute schienen aus Felix Murnaus Heimat zu kommen, ruhige sachliche Menschen. Felix Murnau antwortete dem Mann nicht. Wenn etwas unwahrscheinlich war, so konnte das auch bedeuten, daß das Wahrscheinliche nicht mehr galt. Er sah wie vor Jahrhunderten schon Flagellanten durch die Stadt gezogen waren, sich auspeitschten, schreiend und seufzend. Ströme von Blut, Ketten an den Füßen. Jede Gewalttätigkeit war ihm zuwider, doch erkannte er auch den Unterschied zwischen der, die sich gegen andere wendete und dieser, die nur Aggressionen gegen sich selber erlaubte.

In all dem Chaos kam es ihm vor, als durchbräche er selber seine Angst und er könnte sich Zeit lassen, weil alles sich ins Unendliche öffnete. Bitteres für Süßes, wiederholte er die Forderung des Heiligen, die ihn oft angelockt und zugleich abgestoßen hatte. Den Aussätzigen umarmen, sich selber berühren. War es das, was ihn nun wider jede Vernunft befreite? Er war erstaunt, warum war er so kleinmütig gewesen. Er, immer ein Eiferer für die Kunst, hinter der Deckung von Kunst, war nie radikal genug gewesen, um teilzunehmen an dem, wovon sie Zeugnis gab. Er meinte, entfernt die junge Frau zu sehen, mit der er vor der Kirche gesprochen hatte. Sie ging in einer Gruppe Kinder, ohne daß er erkennen konnte, ob sie nur zufällig dort hineingeraten war. Es tat ihm leid, daß er am Nachmittag ihr so ausweichend geantwortet hatte. Er hätte ihr dies Wunder zugestehen sollen. Sie haben recht, würde er jetzt sagen, bleiben Sie einen Augenblick bei mir, hören Sie mir zu. Es war nichts als die übliche Trägheit, mir nicht vorstellen zu können, was notwendig wäre. Ich begriff nie etwas, war nicht wirklich mittendrin, sondern habe mich mit den Bildern aufgehalten. Auch das, was geschah, wie ein Bild angesehen, etwas zum Ansehen, immer nur zum Ansehen ... Doch da hatte er sie schon wieder verloren, entdeckte sie kurz darauf noch einmal und versuchte erneut, sie einzuholen, aber vergeblich. Ein Polizeiauto näherte sich langsam, schaffte sich im Schrittempo Platz und entfernte sich. Über Lautsprecher wiederholte eine Stimme gleichmäßig, wie automatisch, immer denselben Satz: Wer kein Quartier hat, wird gebeten, die Stadt zu verlassen.
Felix Murnau hörte die Aufforderung, aber sie ging ihn nichts an. Die Stadt glich einem Inferno, das unterhalb der künstlichen Lichter in Dunkelheit versank, und er wußte nicht mehr, wie er sie verlassen konnte. Der Menge ausweichend, war er

jetzt in einen Stadtteil gekommen, der abschüssig bis zur westlichen Befestigungsmauer reichte. Auf einem schmalen Platz, ohne Bäume, in der Mitte eine Zisterne, sah er drei junge Männer. Auf dem Boden, zwischen ihnen, eine dunkle Katze, deren Hinterbeine von einem Steinwurf zerschmettert waren. Die drei Männer traten das Tier und, da es sich kaum noch bewegen konnte, schoben sie es einander zu. Die Tritte der Männer, die den weichen Körper trafen, hörte man nicht, sondern nur das Schreien der Katze, ein rasender, unnatürlicher Laut, der abbrach und wieder begann und schwächer wurde. Es waren kräftige junge Männer und die wenigen Passanten, die stehengeblieben waren, sahen ihnen zu. Felix Murnau ging an S. Stefano vorbei, durch den Schacht einer Treppe in tiefergelegene Straßen. Schwermütig düster die Fassaden, die Fensterläden geschlossen, in einigen der parkenden Autos schliefen Leute. Er erinnerte sich, wie er mit seiner Frau in der Kirche der Klarissinnen gewesen war. Ein schweres Holzgitter trennte den Raum fast bis zum Gewölbe der Decke hinauf. Dahinter eine Nonne, dunkel verhangen auch ihr Gesicht, die ihnen durch die Stäbe hindurch ein Heiligenbildchen gab. Ein Papier, nicht größer als eine Spielkarte, das seine Frau sorgfältig verwahrte. Gegenüber dem Gitter waren Glasschränke mit Reliquien. Mumifizierte Schädel, Knochen in bräunliche Spitzen gehüllt, vereinzelt brennende Kerzen davor und verwelkende Blumen. Oder war das in einer anderen Kirche gewesen? Es fiel ihm auch ein, daß er auf den Platz zurückgehen müßte. Es gab nichts Dringenderes mehr. Er spürte die Gewalt, er meinte sie zu schmecken, zu riechen. Sie war in seinem Körper und außen. Der Poverello hatte die Gewalt nicht geleugnet, dachte er sich beruhigend, aber er hatte sie umgewendet, der Energie eine andere Richtung gegeben, so daß sie sich ganz uneigennützig dem anderen zuwenden konnte. Wie anders wäre es sonst zu erklären, daß selbst jetzt noch der Abglanz von all den fernen Geschichten, die bloße Erwähnung des Heiligen eine fortwährende Wirkung hatten, und sei es nur indem eine nie eingelöste Sehnsucht wacherhalten wurde.

Und so kehrte Felix Murnau denn um, leicht schwankend vor Schwäche, als sei er betrunken, aber das war er weniger denn je.

Kurz bevor er den Platz mit der Zisterne wieder erreichte, kamen ihm die drei jungen Männer entgegen. Sie gingen einzeln, nahmen die ganze Straßenbreite ein, so daß er ihnen nicht ausweichen konnte, wollte es wohl auch nicht. Er zögerte kaum, änderte nicht seine Richtung. Aber sie ließen ihn durchgehen, ohne ihn zu beachten, geradeso als gäbe es ihn überhaupt nicht. Jetzt war der Platz leer, nichts als die Zisterne und der Körper des Tieres. Felix Murnau beugte sich zu ihm, glitt mit der Hand behutsam über das blutige aufgeplatzte Fell, den unzerstörten Kopf. Die Augen waren schon erblindet, blanke weißschimmernde Pupillen, die nur das Licht spiegelten.

Er setzte sich etwas entfernt an eine Hauswand gelehnt. Von weitem hörte er Lachen und Schritte, die widerhallten. Später spürte er, daß man ihm seine Jacke auszog. Er wollte etwas sagen, aber es gelang ihm nicht. Der Raum, zu dem er gehörte, dehnte sich aus. Er nahm etwas wahr und dann noch etwas und dann nichts Bekanntes mehr.

Aus: Assisi verlassen. Düsseldorf: Eremiten-Presse 1993, S. 33–41.

„Noch immer anwesend das Eiswasser"

Aus der Erzählung: „Sarajevo 96", 2001

Der Mann löste sich als erster von den anderen, ging einige Schritte die Straße entlang, sah die Metallmasten der Straßenlaternen durchlöchert von Geschossen und in den Mauern der Häuser die Einschüsse eng nebeneinander. Als die Bewohner sich im Haus verschanzten, mauerten sie die Fenster zu, bauten Barrikaden davor, um sich zu schützen. Sie wollten nicht aufgeben, gruben Laufgräben in die Erde, um durch die Gärten von einem Haus zum anderen zu gelangen und so die Straße vermeiden zu können. Die lange Geschichte ihres Widerstandes und ihr Ende waren ablesbar an dem, was übrig geblieben war. Die Türen aufgebrochen, die Dachbalken verkohlt, offen zum Himmel das Haus, Einbruch von Feuer, Regen und Wind. Im Garten lagen Koffer, der Inhalt verstreut, den Winter über verborgen unterm Schnee und nun im Frühling wieder hervorgekommen.
Von den Ruinen ging Stille aus, eine unnatürliche Stille, die schmerzhaft war, wenn man länger darauf achtete. Nachhall des Entsetzens. Der Mann horchte und sah die Verwüstung an und fühlte sich wie im Haus eines Ermordeten, voller Ehrfurcht den Toten gegenüber.
Die Frau an seiner Seite weinte. Er dachte, sie müßte noch mehr weinen. Sie klammerte sich an seinen Arm, und er tröstete sie mit einer langsamen Bewegung und wollte sie schützen.
„Es kann doch nicht sein", sagte sie ein über das andere Mal. – Oh doch, meine Liebe, warum nicht? fragte er stumm zurück und empfand eine ungewisse Reue, als wäre ihm selber irgendwann die Möglichkeit abhanden gekommen, zu weinen, wie sie es nun tat, so mitleidsvoll, so natürlich, dachte er. [...]

Am Abend verließ der Mann noch einmal das Hotel, ging ins ‚Raguso', ein Lokal, das in Sarajewo sehr beliebt bei denen war, die debattieren und essen wollten. Hier traf er einige von den Schriftstellern und Journalisten, die wegen der Buchpräsentation in die Stadt gekommen waren. Auch gab es Fremde, die sich schon länger in der Stadt aufhielten, Hilfswillige und verspätete Voyeure des Krieges. Der Mann fiel nicht weiter auf, wie er sich da ans Ende des Tisches setzte, kaum sprach und nur zuhörte. Ein Kollege, der gerade erst aus Deutschland gekommen war, plante schon den Abflug für den nächsten Tag. Vielleicht würde eine Militärmaschine ihn mitnehmen, dann brauchte er nicht den umständlichen Weg über Kroatien zu nehmen. Flüchtig bedauerte der Mann, daß er sich nicht rechtzeitig vor dieser Fahrt einen Journalistenausweis besorgt hatte. Dann hätte es auch für ihn diese Möglichkeit gegeben. Ein anderer wollte versuchen nach Zepa zu kommen, dorthin wo ein Massaker gewesen war.
„Wenn du wiederkommst, wirst du kein Pazifist mehr sein", hörte der Mann sagen, „wenn man den Krieg hier erlebt hat, ist das nicht möglich."
„Aber gerade dann", war die Erwiderung, „müßte man nicht gerade dann ... ?" Das alles ging unter in den Rufen von einem, der meinte, es ginge nicht darum, daß ein Einzelner sich moralisch gut fühlen würde, sondern um das Prinzip. Daraufhin brach jemand in hysterisch kicherndes Lachen aus, weil er den Rückzug auf Prinzipien grundsätzlich für unvereinbar hielt mit der Wirklichkeit. Er sagte das mit einer so übertriebenen Betonung, die den Mann aufhorchen ließ. „Nichts ist eindeutig in der Wirklichkeit", fuhr der Sprecher fort, „was sollen uns da also Prinzipien?"
„Nichts ist eindeutig im Tod", sagte der, der den Frieden liebte und nach Zepa fahren wollte, „ich denke, die Wirklichkeit des Todes wird genauso

vielfältig sein wie die des Lebens." Eine Fotografin hatte lange zugehört, nun erzählte sie plötzlich, daß sie vor Jahren in Braunschweig in einem Hotel vergewaltigt worden war. Keiner antwortete darauf. Man hatte nicht Worte für alles. Der Krieg war allgegenwärtig, immer ernährt und gemästet von irgendwem und wenn er ruhte, so nur, weil er übersättigt war.

„Vernichtung muß sein." Wenn es dies hier gab in Sarajewo, was der Mann gesehen hatte, dann war es der Zustand, der gewollt wurde, der mit Absicht immer wieder hergestellt wurde. Gegen uns gerichtet, dachte er. Er hatte die Rosen unter seinen Füßen gespürt. Die internationalen Truppen hatten hier eine ganze Stadt gefangen gehalten, wehrlos gemacht und den Belagerern gestattet, sie mit Granaten zu zerstören und die Bevölkerung zu töten, einen Menschen nach dem anderen abzuschießen. Der Mann aß mit leidenschaftlicher Gier, als müsse er sich stärken, seinen Körper zufriedenstellen. Immer hatte er Angst gehabt. Warum sollte er sich das jetzt, im ‚Raguso' sitzend, nicht eingestehen. So sicher, wie er sich stets gegeben hatte, und voller Eifer sich darstellend, geehrt und erfolgreich – er hatte sich täglich geängstigt. Die Zeitrechnung war unzuverlässig. So viele Jahrzehnte vergangen, Barrieren von Tagen und Nächten und doch nicht genug. Kein Schutz, den sie gaben. Als ob es dazwischen keinen Frühling gegeben hätte, keinen Sommer, keinen Herbst ...

... noch immer anwesend war das Eiswasser. Es salbte ihn, wieder und wieder. Er hätte bei den Toten bleiben sollen, damals.

„Wir sind Teil der Gemeinschaft der Zuschauer, darum kann man uns nicht schuldig sprechen, wenn wir uns passiv verhalten", sagte der Mann, der keine Prinzipien wollte. „Wir haben keinen festen Stand und ohne den kann man nichts verteidigen."

Da hinein kam die Abwehr von dem, der nach Zepa fahren wollte, und seine Furcht, die dort Vermißten könnten ermordet worden sein. Die Schädel getrennt vom Körper, die Gliedmaßen getrennt vom Körper. Als wäre tot nicht genug, nie genug die Befriedigung des Verlangens nach Gewalt, das ausgeteilte Verlangen nach Zerstörung.

„Ihr wißt nichts von dem Haß, der Rache, der Natur. Es ist zu stark für eure schwache Lebensweise" sagte ein Alter, der blind zu sein schien hinter seiner dunklen Brille. Tastend bewegte er seine Hand über den Tisch um das Glas zu ergreifen.

Vernichtung muß sein, wiederholte der Mann angeekelt und dachte an seine Rede, die er morgen halten mußte, und an die Danksagungen. Er könnte Danksagungen aneinander fügen, an seine Frau, an Munira, an die alte Frau ... Wobei er bei jeder erwähnten Person sich genügend Zeit nehmen würde, zu erklären, wer sie war, wie sie lebte und wofür er ihr zu danken hatte. Wenn er dies als Muster nehmen würde, könnte so ein Geflecht von Beziehungen aufgedeckt werden wie in einer Geschichte. Aber nein, keine Form mehr. Es war die Stunde der Auflösung. Er sollte vom Formlosen sprechen, dem Grauen, dem Entsetzen, dem Krieg. Nichts sprengte die Form mehr als der Krieg. Und er würde von dem Rückzug sprechen und von dem Wasser, in dem er damals gestanden hatte, in der Betonröhre unter der ostpreußischen Straße, 1945. Die Kriegskindheit seines Fieberwahns.

Hatte er deswegen die Fahrt nach Sarajewo gemacht, das Angebot angenommen, in offizieller Mission hier aufzutreten? War er gierig nach Bildern, welche den bekannten glichen, näher dem Verstehen, wenn er sie wiedersah, oder betäubt von der Gewalt der Wiederholung? Er hatte sich das nie gefragt. Er war nie weiter gekommen als bis in das Eiswasser hinein, er stand noch immer darin.

Der Raum im ‚Raguso' schien enger zu werden, mehrmals bat man ihn, mit seinem Stuhl etwas aufzurücken. Es war eine hitzige, lärmerfüllte Atmosphäre. Selbst wenn der Mann jetzt etwas gesagt hätte, wäre es untergegangen. Zu beschäftigt waren sie alle damit, zu essen und zu trinken und sich mit Worten zu übertrumpfen. Hätte man ihn jetzt gefragt, wer er wäre, der so zusammengesunken zwischen Fremden saß und schwieg, er hätte gesagt: ein Wiedergänger. Vielleicht belebte ihn das Grauen. Er dachte, daß er vielleicht auf schreckliche Weise zwanghaft süchtig nach dem war, was er hier gesehen hatte, und es schauderte ihm davor. „Gelobt sei, was hart macht", sagte er bitter. Sein Nachbar sah ihn erstaunt an, weil es das erste Mal war, daß er sich zu Wort meldete. „Das sagte man bei mir zuhause, als ich noch Kind war", entschuldigte sich der Mann.

Er kam zurück, als die Sperrstunde begann, und traf sie im Hotelzimmer. Sie hatte sich schon hingelegt und das Licht gelöscht. Vorsichtig bewegte er sich in dem engen Raum, schaltete nur die schwache Beleuchtung im Bad an und ließ die Tür ein wenig offen. Er hoffte, daß seine Frau noch wach sei und trat nah an ihr Bett heran. Er mußte mit ihr reden. Es wurde Zeit, daß er mit ihr sprach. Jetzt würde es möglich sein.

Sie hatte lange auf ihn gewartet und war erleichtert gewesen, als er ins Zimmer gekommen war. Nun aber hielt sie die Augen geschlossen. Er blieb noch immer an ihrem Bett stehen, eine Schattengestalt, schwerfällig und grausam alt. Er legte seine Hand auf ihre nackte Schulter und sie machte unwillkürlich eine abwehrende Bewegung, als ob er sie im Schlaf stören würde, und drehte sich fester in ihre Decke ein. Er wußte, der Tag war schwierig gewesen. Was sie gesehen hatte, mußte noch immer beklemmend und verstörend für sie sein, so als verlöre alles seine gewohnte Bedeutung. Der gefährlich morastige Untergrund war kurz sichtbar geworden, der nicht tragfähige, wie er fürchtete. Er spürte, daß sie nicht schlief, sich ihm entzog. Doch er brauchte sie jetzt. Er wollte sie schütteln, so daß sie zur Besinnung kam und ihn wahrnahm, aber die Stille im Zimmer hinderte ihn daran.

Er ging zum Fenster und sah hinaus, bemerkte auch das zur Hälfte zerstörte Haus, das seine Frau am Morgen betrachtet hatte. Nur die Balkontür im ersten Stockwerk war erleuchtet. Er nahm an, daß sie mit Plastikfolie geschützt war. Vielleicht war es früher eine Glastür gewesen, die auf den Balkon hinausgegangen war, und Töpfe mit Pflanzen hatten draußen gestanden. Das Licht blieb konstant. Der Mann stellte sich vor, daß sich dort jemand ruhig zum Schlaf niederlegte. Wer auch immer es war, er würde in dieser Nacht von keinem Angriff geweckt werden. Auch der Mann wollte den Krieg hinter sich lassen. Der Krieg ist die Explosion, wollte er der Frau sagen. Sie hatte es ja selber gesehen. Der Krieg war die rasende Glut, die nichts zurückließ. Er wußte es. Jetzt mußte er mit ihr darüber sprechen. Er drehte sich zu ihr um und sah in das dunkle Zimmer hinein. Hinter ihm im Ausschnitt des Fensters lag die Stadt, die unersetzliche, nie vollkommen zu zerstörende. Klein-Jerusalem. Darauf beharrten die Überlebenden. Das war das Mögliche, dachte er.

Er war 17, stolz ein Gewehr zu haben, dabei zu sein in der weißen Nacht des Krieges, dem er damals nicht nah genug sein konnte, um das Unerhörte zu spüren. Was sonst könnte das Leben so erhöhen, das seiner Bestimmung nach einmalig war, spürbar machen, die Sensation zu leben, auserwählt zu sein, zu überleben wenigstens in diesem Augenblick und im nächsten, du im nächsten oder ich. Er war voller Angst, aber es war gut ein Gewehr zu haben, das einzig nahe Sichere in diesem Umfeld in der Dunkelheit. Er verbarg sich in der Betonröhre und spürte wie seine Uniform sich voll Wasser sog und schwer wurde.

„So hör mir doch zu", sagte er zu seiner Frau, beugte sich über sie mit dem heftigen Verlangen, sie zu umarmen, ihren Körper zu spüren, sie nah an sich zu drücken, einzudringen in einen Körper, ihn sich anzueignen, irgendeinen, weil jemand da sein mußte für ihn. Aber er blieb wie vor fünfzig Jahren umfangen vom Eiswasser. Die Zeit verging nicht, löste nichts auf, verbarg alles nur und schwemmte es zurück. Er, in der Betonröhre, wartend, daß seine Truppe abzog, schoß, als jemand sich näherte, und schrie, als wäre er es selber, der fiel, und sah ihn doch fallen, herauskippen wieder aus der Röhre, und lehnte selber sich an die Innenwand, sackte langsam an der Wand weiter hinunter.

Er wollte zu der alten Frau zurückgehen, zu dem Haus inmitten des Gartens, in dem der Kirschbaum blühte. Ihr wollte er alles erzählen. Sie würde ihn nicht verstehen, aber es wäre doch ausgesprochen und verwahrt, was gewesen war. Hätten sie vorher darüber gesprochen – aber nein, nichts war zu verhindern. Wie alles einst war, kam es wieder. Der Mann wendet sich noch einmal seiner Frau zu und ruft sie mit Namen: „Sophie!" Sie bewegt sich, doch bleibt sie verborgen im Schlaf und er verläßt das Hotel, um sich auf den Weg zu machen. Jetzt ist er bis an die Grenzen seines Körpers bereit zu morden, zu töten, über das Minenfeld zu gehen, die verbotenen Wege. Keine Patrouille wird ihn aufhalten können. Er wird quer über das Feld gehen, leichtsinnig aufstampfend. Er ist 17 wieder – der niemals verlorene Sohn des eisigen Vaters: Krieg.

Aus: Sarajevo 96. Düsseldorf: Eremiten-Presse 2001.

„Die Auflösung war beschlossen"
Aus dem Roman: „Die Grube", 2011

Tage und Wochen vergingen. Der Lärm aus der Grube war oft hörbar, je nachdem wie der Wind stand. Unser Dorf veränderte sich. Es gab keins der Geschäfte und keine Gaststätte mehr, auch das Postgebäude war schon verschwunden. Dafür hatte es zeitweise noch einen Bus gegeben, in dem man die Postgeschäfte erledigen konnte. Der aber fuhr eines Tages auch fort, ohne wiederzukommen. Übriggeblieben waren drei Höfe, einige Häusergruppen und Häuser entfernt voneinander, davon einzelne schon verkauft, aber noch nicht abgerissen. Es beruhigte mich, dass sie immer noch da waren. Auch die vielen Gewächshäuser am Rande unseres Dorfes hielten sich noch aufrecht mit ihren Verstrebungen, ihren metallenen Skeletten. Doch das von innen weißgestrichene Glas war tausendfach scharfkantig zerbrochen und zersplittert. Dunkle Sterne im Weiß. Wohin wir auch schauten, die Zerstörung war in jedem Detail sichtbar. Es wunderte mich nur, wie schnell Erinnerungen ihren Halt verlieren. Wenn mich jemand fragte, wo welches Haus vor einigen Wochen oder Monaten gestanden hatte, antwortete ich unsicher. Stand hier das Haus unserer Freunde Tersteppen und hier die Bäckerei? Oder doch nicht dort? Zögernd ging ich über die leeren Flächen – dabei waren es ja keine Gräber. Die mächtige alte Buche, die bis zuletzt blieb, zeigte an, wo die Mitte des Dorfes gewesen war. Die Kirche wurde nicht gesprengt, wie man es zuvor in anderen Dörfern getan hatte. Dort hatte es deswegen Proteste gegeben, und so galt dies seitdem als pietätlos. Das erinnerte mich daran, dass auch die Art der Hinrichtung früher von Bedeutung gewesen war. Ob man hier im Mittelalter gehängt oder geköpft wurde, aufs

Rad geflochten oder geviertelt, das war abhängig gewesen von der Bedeutung des Verurteilten und von seinem Verbrechen.

Tagelang dauerte der Abriss von St. Pankratius. Zuerst wurde die Turmspitze heruntergeholt, dann schlug die Abrissbirne zum ersten Mal gegen die Kirchenmauer, dumpf aufschlagend wie ein Pochen, das Einlass verlangt. Wir meinten ein leichtes Beben der Mauer zu spüren. Doch blieb sie standhaft. Noch wäre die Kirche zu retten, käme jetzt im letzten Augenblick ein reitender Bote mit der Begnadigung, öffnete sich der Himmel für einen deus ex machina – aber nichts rührte sich. So sahen wir in beklommener Stille zu, wie der zweite Schlag gegen die Mauer prallte. Wir, das waren viele der zweihundert Menschen, die zu der Zeit noch in Garzweiler lebten und viele von den über tausend früheren Bewohnern unseres Dorfes. Einige waren von weither gekommen, um den Abbruch unserer Kirche zu erleben und von ihr Abschied zu nehmen. In ihr waren wir getauft worden, hatten die Feste des Jahres gefeiert und die Toten entlassen. Sie war Zufluchtsstätte und Mittelpunkt unserer Gemeinschaft gewesen, auch für jene, die kaum noch glaubten, aber die Zeremonien liebten, die hilfreichen Rituale, geübt seit Jahrhunderten, um uns ins Gleichmaß zu bringen. Ich wünschte, noch einmal in unsere Kirche hineingehen zu können, nur noch ein einziges Mal. Alles sollte verharren, dem Zeitstrom entrissen sein. Dabei wusste ich doch, wir können nicht ausscheren, nur der Tod holt uns aus dem Strom heraus. Und wieder war das erneute Anschlagen zu hören, die Ankündigung des Endes. Gleich darauf ein einzelner gellender Schrei, der in hoffnungsloses Weinen überging. Das war Erich, der kranke Sohn des Lehrers, den der Vater fest im Arm hielt. Ihm war der Schmerz in den Körper gefahren in dem Augenblick, als die Wand nachgab. Nun war sie geöffnet, Mauerbrocken stürzten nieder und wieder holte die Kugel aus, traf jetzt in schneller Folge.

Nur einen Augenblick des befreienden Triumphes gab es, als das Dach, nun nicht mehr ruhend auf den Wänden, für den Bruchteil einer Sekunde in der Luft schwebte. Das langgestreckte Kirchendach erhob sich unversehrt in einem Stück und schwebte frei in der Luft. Erst dann brach es auseinander und fiel zerstückt hinunter auf die Erde. Nicht nur ich sah es so. Dieser eine kometenhafte Augenblick war auch für viele andere, die es sahen, wie ausgesetzt aus der Zeit. Ein Augenblick, der zu einer anderen Realität gehörte, der man mit der Zerstörung nichts anhaben konnte. Gewiss, dieser magische Moment verflüchtigte sich und blieb doch widerständig in unseren Gedanken. Die Luft flirrte, weil die Feuerwehrleute mit Wasser während des Zusammenbruchs den Staub löschten. Er verklebte sich in den Zweigen der Ulmen, die nah der Kirche standen, und glänzte feucht funkelnd im hellen Mittagslicht. Plötzlich das Regenbogenlicht, zerstäubt überall.

Spät in der Nacht ging ich noch mal dorthin, sah die Halbzerstörte und fühlte, wie der Wind durch sie strich und mir Sand in die Augen wehte, die weinten.

Entweiht wurde die Kirche nur auf bürokratischem Wege, durch ein Schreiben vom 9.3.1989 des Herrn Generalvikar: „... da der Abbruch beabsichtigt ist, bestimme ich hiermit, dass die Kirche zum 1.6.1989 profanem Gebrauch zurückgegeben wird. Hierdurch verliert die Kirche den kanonischen Charakter als heiligen Ort. Mit freundlichem Gruß." (Siegel des Bischofs.)

„Wir hätten die Feldheiligen behalten sollen", sagte Simon damals zu mir, und in dem Augenblick erinnerte ich mich wieder an sie. Wir hatten sie als Kinder gesehen, verborgen in der Sakristei einer Kirche in der Nachbarschaft. Schon damals kannte sie kaum jemand noch, und jetzt stehen sie, ihrer Wirkung beraubt, in einer großen Scheune, im Lagerhaus des Bistums. Dort kann man sie noch finden, die kleinen christlichen Heiligen, die vor langer Zeit herumgetragen wurden auf den Feldern, mit Gesängen um Fruchtbarkeit bittend. Verwandelte heidnische Gottheiten, kaum ein Meter hohe Figuren mit weißen Gesichtern und Gewändern aus kostbaren Stoffen. Sie wurden im 18./19. Jahrhundert geschneidert aus den Samt- und Damastkleidern der reichen Damen, welche diese stifteten, wenn sie abgetragen waren. Ein wenig brüchig war die Kleidung der weiblichen und der männlichen Heiligen mit der Zeit geworden, aber immer noch dekadent farbig und glanzvoll schimmernd. Ihre Köpfe waren aus Holz, mit einer Schicht Gips überzogen und so ausdrucksvoll bemalt, dass ich mich noch immer an einige von ihnen erinnere. Sie waren von ungewöhnlicher Schönheit. Obwohl naturgemäß unbeweglich, meinte ich doch, sie sähen mich an und ich könnte mit ihnen sprechen, auch wenn sie den kleinen gemalten Mund nicht für eine Antwort öffneten. Aber wann antworten die Heiligen schon in der uns gewohnten Sprache? Ihre Augen waren dunkel, lächelnd ernsthaft, ihre Haut an den Wangen rosig angehaucht, als flösse Blut durch sie. Auch wenn den meisten nun die Haare fehlten und nur ein Metallstab oben aus ihrem Kopf ragte, auf den die Perücke gesetzt wurde, minderte das ihren Eindruck auf mich nicht. Auch hatten sie farblos durchscheinende Pflaster an einige Stellen ihres Gesichtes, dort wo die Restauratoren Risse in der Gipsbemalung entdeckt hatten und sie sichern wollten. So verletzt und behandelt kamen sie uns nahe durch die Andeutung der Vergänglichkeit, der auch wir unterworfen sind. Als Simon von den Feldheiligen sprach, verstand ich nicht, warum wir nie versucht hatten, sie aus ihrem Exil zurückzuholen, obwohl wir wussten, wo sie waren. Doch gab es gute Gesellschaft für sie in der Verbannung. Hunderte von Heiligen, Marienstatuen, Jesuskindern, Kreuzen und Reliquienschreine wurden dort aufbewahrt, seitdem die Kirchen moderner erscheinen sollten. Vieles, was Staub fing, wurde ausgelagert, auf Regale gestellt und gelegt, mit Pappschildern versehen wie Gepäckstücke, darauf Namen und Herkunft verzeichnet. Jene, die das veranlassten, wollten es einfacher in ihren Gotteshäusern haben, übersichtlicher. So sortierten sie aus, was sie überforderte, und wunderten sich später, dass nicht mehr übrig blieb als das, was sie verstanden.

Es war Mai, als Else im Jansenschen Hof Kisten und Umzugskartons packte. Sie fand kein Ende des Aufräumens und Umpackens. Einige Male halfen Magda und ich. Doch am nächsten Tag hatte Else alles wieder ausgepackt und erklärte uns, sie müsse es anders ordnen. Oder es müsse nicht alles mit, vielleicht auch nicht gerade dieses oder jenes. So packte sie ein und aus und wieder anderes ein und wieder aus, abwägend, was sie mitnehmen sollte, und im Zweifel, ob überhaupt irgendetwas für sie noch notwendig war. Aber wenn nicht, was dann? Schwer zu entscheiden war, was von all den Dingen ihrem Verlangen nach Beständigkeit noch genügen konnte. Die Auflösung war beschlossen, das Verschwinden des Gewesenen. Max nahm ihre Unruhe hin und ließ sie gewähren. Er hatte zu tun, wollte nicht der Allerletzte sein, der ging. Er wollte hinter sich lassen diesen Ort, der schon lange keiner mehr war, kein Dorf, keine Gemeinde, sondern nichts als eine Ansammlung von Straßen ohne Häuser, ausgeliefert dem Wind, der über das flache Land ging und den Staub vor sich hertrieb. Else aber wollte bleiben. Wenn Max ihr erklärte, dass dies nicht möglich sei, widersprach sie nicht. Doch konnte sie auch nicht einwilligen in das, was geschah. Vielleicht dachte sie, dass es einen Ausweg geben müsste aus dieser Situation, die ja nicht das Ergebnis einer Naturkatastrophe war, sondern durch Menschen verursacht, verhandelbar also. Immer wieder beharrte sie ruhig und unbeirrbar mit leiser Stimme darauf, dass wir keiner Anordnung Folge leisten sollten. Für sie war es ein natürliches Recht, in der Heimat bleiben zu können, selbst unter den widrigsten Umständen. Max gab auf, sie vom Gegenteil zu überzeugen. So wurde es still zwischen ihnen, obwohl sie versuchten, freundlich miteinander umzugehen. Aber wie viel Distanz liegt schon in diesem Freundlichsein. Es war wie ein Fluch, das wachsende Fremdsein. Ich erkannte mit Schrecken, wie sehr sich Else veränderte. Dabei gab sie sich Mühe, zu sein wie gewohnt. Sie sprach mit uns und lächelte, so wie man ein Lächeln erinnert, um sich anzupassen an das, was die anderen erwarten. Sie wollte sein, wie sie sein sollte. Doch veränderte sich allmählich auch ihr Körper, der ihr fremd zu werden schien. Ungeschickt wurde sie, die früher so geschickt gewesen war, und linkisch, wie sie nun selber sich empfand. Ihre Angst vor Menschen wuchs, sie fürchtete, ihnen ausgeliefert zu sein, wenn sie ihr nahekamen. So ging sie oft nicht mehr mit, wenn Max fortging, blieb im Haus, beschäftigt mit irgendetwas, das ihr doch nie so gelang, wie sie wünschte.

Ihre ständig wiederholten Sätze, die Bitten und Forderungen waren für Max bald nur noch eine Litanei, auf die er nicht eingehen konnte. Es ergab sich für ihn kein Gespräch mehr, wie doch früher mit ihr, zuerst zwischen Liebenden, dann zwischen Eheleuten, die gut miteinander waren und sich kannten, aneinander gewöhnt und die nicht ohne einander sein wollten. Es war, als hätte es nie die Offenheit und das herzliche Verlangen nach der Anwesenheit des anderen gegeben. Jetzt bemerkte er nur, dass ihre ständigen Wiederholungen, die Bitte, bleiben zu können, den Tag erstarren ließ. Es kam ihm vor, als läge die Zeit an einem Anker und könnte sich nicht rühren, bliebe auf demselben Fleck, während alles ringsherum sich fortbewegte. Zurück blieben nur er und sie allein. Er, konfrontiert mit dieser leise klagenden Stimme: „Ich kann nicht fortgehen. Ich bleibe hier." So als schlüge die Frau Wurzeln, würde zum Baum, ihre Arme wie Äste, die ihn umfassen wollten. Er begann sich zu fürchten, in diese Erstarrung mit hineingezogen zu werden, zu verharren wie sie. Er machte sich Vorwürfe. Vielleicht war er zu lange in Garzweiler geblieben, zuletzt meistens allein mit ihr, die so zerbrechlich geworden war. Eine Überreizung der Nerven, konstatierte der Arzt in der nahen Kreisstadt. Das war der Moment, wo er begann, sich von ihr zu trennen. Wenn ihr Zustand zur Krankheit erklärt wurde, brauchte man ihn nur noch hinzunehmen. Was sie sagte, waren Worte eines kranken Menschen, die Max überhören durfte. Er brachte sie noch zu anderen Ärzten und sie wurde schweigsamer. Endlich nun betrieb er schneller das Verlassen des Hofes auch in der Hoffnung, dass Else genesen würde, wären sie erst einmal in einer anderen Umgebung, fern der Normalität der Zerstörung, die hier herrschte.

Doch es kam anders. Monate später, als Max und Else schon nach Neu-Garzweiler zu Freunden gezogen waren und er gerade dabei war, ein Haus in Holstein zu kaufen, sah ich eines frühen Abends Else. Sie stand auf der Straße vor unserem Küchenfenster und sah in unser Haus. Ich hatte zu tun und winkte ihr zu. Ich wusste, das Tor zum Hof stand offen. Nach einiger Zeit fiel mir auf, dass sie nicht hereingekommen war. Ich lief auf die Straße hinaus. Aber sie war nirgendwo zu sehen. Auch ihr Auto nicht. So nahm ich an, dass sie weitergefahren war. Sie war aber nur bis zu ihrem alten Hof gefahren, der allein jetzt im planierten Land zwischen der Straße und den Feldern stand. Durch eine Kellertür war sie hineingelangt und durch das Haus gegangen, jeder Raum leer, die Fensterläden geschlossen. Weiter ging sie die Treppe hinauf, bis zum Dachboden. Dort fanden wir sie viele Stunden später. Regungslos in ihrem schwarzen Kleid ihr schmaler Körper, die Füße nur wenig über dem Boden hängend. Wie ein toter Vogel, verfangen in der Schlinge eines Strickes in einem altertümlich hohen, mit hölzernen Balken abgestützten Raum. Er hatte die Form eines umgedrehten Schiffskörpers, unter sich als Fracht das Haus, über sich den Himmel, in dieser Nacht wie ein stürmisches Meer. Hier hatte sie sterben wollen, nachdem sie lange unerkannt zwischen uns lebte. Denn dass sie nicht nur das Leben hatte, das wir bemerkten, davon waren wir alle nach ihrem Tod überzeugt. Darum wiederholten wir manches Mal noch, was wir von ihr wussten und tauschten es untereinander aus in der Hoffnung, in den beschämend geringen Kenntnissen und Indizien, wie bei einem Kriminalfall plötzlich einen Hinweis zu entdecken, der auf etwas anderes in ihrem Wesen wies als das, was wir kannten. Etwas das bestätigt wurde durch ihren Mut, sich selber den Tod zu geben.

Es blieb etwas Rätselhaftes, und das war gerade angemessen, um uns eine Ahnung zu geben von der Einmaligkeit eines Menschen, der in unserer Nähe so lange gelebt hatte.
An ihrem letzten Tag hatte Max sie schon seit Stunden gesucht, bevor er Simon und mich weckte. Gemeinsam fanden wir dann den Weg durch den Keller, den Else gegangen war, gingen wie sie durch die leeren Räume, rochen den leichten Modergeruch nie mehr gelüfteter, nie mehr geheizter Räume, den vielleicht auch sie wahrgenommen hatte, horchten, ob sich nicht irgendwo etwas bewegte. Aber es war nur ein Fensterladen, der hin und her schlug. Max stieg auf einen Stuhl, hob seine Frau hoch, löste den Strick.
Wie sehr wünsche ich jetzt, eingreifen zu können, die vergehenden Zeiten zu beeinflussen. Sodass, was geschrieben wird, nicht immer nur wiedergibt, was schon geschah, sondern dass sich das Geschehen nach dem richtet, was geschrieben wird. Else wird nicht zurückkommen in den Jansenschen Hof. Sie hält vor unserem Haus und sieht in das Fenster hinein, und ich winke ihr zu. Jetzt kommt sie zu mir in die Küche. Wir sitzen an dem langen Tisch, an dem immer alles beredet wird, und ich sage: „Bleib doch zum Essen – wir können Max anrufen." Aber sie ist schon tot. Und Max weint und hält sie noch immer im Arm.

Aus: Die Grube, Roman, Berlin: Dittrich, 2011, S. 49–58

Jens Prüss

Alles ist erlaubt
Über fünf Meisterschüler Ulrich Erbens

Noch in der Erinnerung ist Gabi Seifert verwundert: „Ich hatte gar nicht damit gerechnet, weil ich andere Wege ging." Dennoch wurde sie 1984 die erste Meisterschülerin beim Maler Ulrich Erben. Als der damals schon international bekannte Künstler an die Akademie in Münster kam, bereitete sich Seifert auf die Abschlussprüfung im Orientierungsbereich vor. „Zu der Zeit arbeitete ich mit pflanzlichen Materialien wie Ästen, Pflanzensamen und anderen Fundstücken."

Auch ihr Kommilitone Andreas Karl Schulze hatte andere Pläne. „Ich kannte Erben nicht", gesteht er im Telefongespräch. „Damals hatte ich so viel mit Malerei nicht am Hut." Ähnlich wie Seifert war er von der Arte Povera inspiriert. Schulze hatte 1977, da war er noch Student an der Gesamthochschule Kassel, Joseph Beuys auf der Documenta erlebt, seine Honigpumpe und den VW-Bus gesehen, eine Offenbarung. 1981 arbeitete Schulze ähnlich wie Seifert an fragilen Objekten.

Beim Bildhauer Wolfgang Kliege fühlten sie sich gut aufgehoben. Aber Kliege war Gastdozent, machte ausschließlich den Orientierungsbereich. Sie mussten also eine Atelierklasse unter Leitung einer Professorin oder eines Professors finden. „Erben kam auf mich zu", erzählt Schulze lapidar. Warum nicht, dachte sich der Objektkünstler, versuche ich es halt mal mit dem malenden Professor. „Es war schon ein Austausch auf Augenhöhe", erinnert er sich. Zumal sie vom Alter her nicht weit auseinander lagen. Schulze, 1955 in Rheydt geboren, war gerade mal fünfzehn Jahre jünger als sein Professor. „Er war sehr offen. Die Stimmung bei Ulrich war so toll, dass ich geblieben bin. Münster war ja eher eine Durchlaufstation. Die meisten wollten an die Akademie nach Düsseldorf."

Gabi Seifert hingegen erinnert sich noch an ein mulmiges Gefühl. „Es hieß, der nimmt nicht jeden." Aber zu ihrer Erleichterung waren sie sich sofort sympathisch. „Der hat sich angeguckt, was ich gemacht habe, und hat es sofort verstanden." Sie hatte Maiskörner, Linsen und Bohnen aneinandergereiht. „Diese Aneinanderreihungen waren so ähnlich wie seine weißen Pinselstriche. Später habe ich mich anders entwickelt, aber er hat es zugelassen. Er hat mich nie irgendwo hin gezwungen." Wobei das Verhältnis nicht immer ungetrübt war. „Wir haben uns auch gestritten." Entschuldigend setzt sie hinzu: „Bin nicht so ganz einfach."

Stephan Schneider war 1981 einer der wenigen an der Akademie, die malten und zeichneten. Und er kannte Erben. Er hatte dessen weiße Bilder in einer Wuppertaler Galerie gesehen und fand den Ansatz „spannend". Und ausgerechnet Schneider, der mit fliegenden Fahnen zu Erben wollte, wäre beinahe als „Flurstudent" geendet. So heißen im hochschulinternen Jargon die armen Teufel, die nach der Orientierungsphase keine Atelierklasse finden.

„Er hatte mich mit einem Freund verwechselt, der ähnlich feine Bleistiftzeichnungen machte wie ich." Erben waren bei einem Akademierundgang fotorealistische Landschaftsbilder aufgefallen, und als er den Urheber kennen lernen wollte, standen zu seiner Überraschung zwei Burschen vor ihm, der Michael Spilke und der Stephan Schneider. Nach kurzem Hin und Her entschied Erben salomonisch und nahm beide Bleistift-Virtuosen auf. Andernfalls hätte Schneider dann doch, wie ihm sein Vater geraten hatte, die Kunst auf Lehramt studiert. Oder vielleicht als Profimusiker seinen Unterhalt verdient. Der gebürtige Bochumer hatte klassische Geige gelernt, spielte Irish Folk in einer sechsköpfigen Band. Seine Liebe zu Irland zeigte sich auch in seinen akkurat gezeichneten Steinlandschaften. Zehn Jahre studierte Schneider, zunächst auf Lehramt, dann die Freie Kunst. 1992 erhielt er den Akademiebrief. „Habe den Abschluss nicht so schnell gemacht." Er lacht und setzt entschuldigend

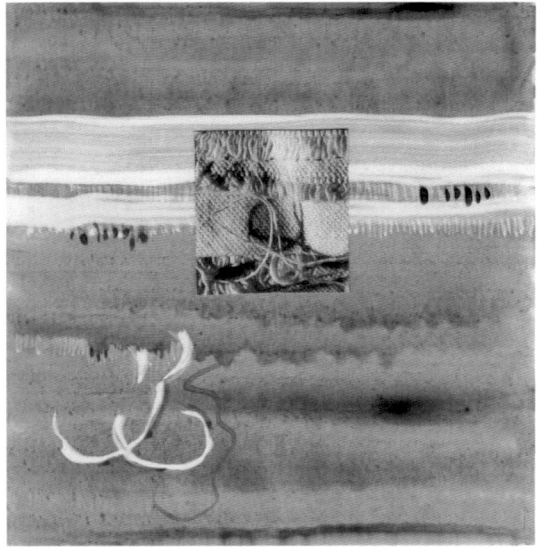

Gabriele Seifert, **B.R. Memory_Nähstube**, 2022, Reinleinen, jeweils 15×15 cm

hinzu: „Ich war ein schwieriger Student." Allerdings verdiente Schneider mit der Musik recht gut und seine feinen Zeichnungen verkauften sich. Bereits 1984 stellte er in der Henry-van-de-Velde-Gesellschaft Hagen aus, 1989 in der Galerie Neuffer, Essen „Ich dachte, es bleibt so." Wieder presst Schneider ein Lachen heraus.

„Erben war nicht immer so einverstanden", erinnert er sich. Er arbeitete ihm zu langsam. „Ich habe vier Bilder im Jahr gemalt, unheimlich viel gefrickelt." Woraufhin Erben irgendwann zu ihm sagte: „Quantität ist auch eine Qualität." Er wollte ihn wohl von diesem fotorealistischen Kleinklein wegbringen.

Locker werden, sich überraschen lassen

Als Schneider aber weiterhin von Fotos abmalte, setzte sein Lehrer noch einen drauf: „Technisch kann ich dir nichts mehr beibringen." Dieser Satz fuhr ihm in die Knochen. Denn der Subtext hieß doch: „So wirst du kein Künstler!"

Nach anfänglicher Verstocktheit, Schneider schrieb einen frechen Brief, begriff er, dass er einen völlig neuen Ansatz finden musste. Weg von den fertigen Konzepten im Kopf, weg vom Hang zur Perfektion. Er musste sein akademisches Wissen vor der Leinwand vergessen. Locker werden, sich überraschen lassen, auf den inneren Zusammenhalt eines Gegenstandes gehen. Wer die Entwicklungsgeschichte Piet Mondrians vom Landschaftsmaler zum abstrakten Künstler kennt, ahnt, wie steinig dieser Weg sein kann. Immer wieder versuchen, immer wieder scheitern. Schneider wählte als Motiv nun verlassene Industrielandschaften. „Verrückte Strukturen", die im ungenutzten Zustand ein Eigenleben entwickeln. 1989 gelang ihm schließlich ein Bild, „welches Erben dazu brachte", so Schneider ironisch, „über den Meisterschüler nachzudenken". Er hat noch ein Foto dieser in Brauntönen gehaltenen Arbeit: „Wandstück" heißt sie, die Nahaufnahme eines porösen, von Metallteilen durchzogenen Winkels zwischen Wand und Decke. Drei grell weiße Lichtstreifen durchschneiden das in Acryl und Öl gemalte Bild. Solche „Näherungen", bei denen zunächst nicht klar ist, ob hier nun Abstraktion oder Wirklichkeit vorliegt, wurden typisch für seine Malerei.

Gabi Seifert hingegen zog ihr Studium ziemlich stringent durch. Gleich nach den obligatorischen sieben Semestern wurde sie Erbens Meisterschülerin. Ihre Abschlussarbeit machte sie mit einer Eins und erhielt den begehrten Förderpreis des Freundeskreises der Akademie. Das klingt ziemlich barrierefrei. „Ich musste mich auch immer mal durchkämpfen", korrigiert sie diesen Eindruck. „Ich habe Ulrich manchmal bis an die Grenzen der Geduld gefordert. Ich war jung, sehr unerfahren, hatte viele Ideen und kannte mich mit den Gesetzen des Marktes nicht aus, auch wenn ich schon früh so einiges verkaufen konnte." Vor allem ihr Weg zur Dia-Malerei-Installation war für Erben „schwer erträglich". Ihre Versuche, mit malerischen und medialen Mitteln auf Raumsituationen zu reagieren, waren zunächst auch „etwas holprig". Aber trotz aller Differenzen stand Erben stets hinter ihr. Ihre Abschlussarbeit „Die Wartenden" wurde zum Gesprächsthema der gesamten Akademie.

„Ich komme aus einem relativ kunstfernen Elternhaus", erzählt sie gleich zu Beginn. Ihre akademische Laufbahn war also nicht selbstverständlich. Aber sie hatte immer Menschen, die sie gefördert haben. So gab es eine Lehrerin, die sie beim Umgang mit Ölfarben unterstützte. Aber die Wurzeln ihrer künstlerischen Arbeit liegen in der Nähstube ihrer Mutter. Das wurde ihr überhaupt erst vor ein paar Jahren bewusst, als sie an den Ort ihrer Kindheit in Bad Rothenfelde zurückkehrte, um ihre altersschwachen Eltern zu pflegen. Sie hatte viel Zeit, im Haus herumzustöbern; unverhofft geriet sie auf die Spuren einer verlorenen Zeit. Als sie die ehemalige Nähstube ihrer Mutter betrat, sah sie sich als Kind dort sitzen und mit Nadeln, Knöpfen und Stoffen spielen, „nah bei meiner Mutter inmitten vieler schöner Dinge". Wieder hörte sie das Surren der Nähmaschine. Und da erst begriff sie, wie sehr dieses Umfeld ihr künstlerisches Schaffen geprägt hat.

Seifert war so ergriffen von dem „Krimskrams", den sie da vorfand, dass sie anfing, Fotos zu machen. Dabei fiel ihr auf, dass es in den Familienalben nichts zu dieser ehemaligen Herrenschneiderei gab, „weil die Zeit bei der Arbeit in den 60er Jahren privat nicht als fotografiewürdig galt". Geradezu besessen machte sie Aufnahmen von jedem Detail der Nähstube. Aus der Serie suchte sie sich Bildpaare aus, malte mit Tusche oder Gouache farbige Flächen und klebte die Fotos auf die getrocknete Unterlage, eine Art Fotopapier. „B. R. Memories" nennt sie diese Collagen, Erinnerungen an Bad Rothenfelde. Wobei das akribisch nummerierte und datierte Erbe der Ilse Seifert auch von gesellschaftlicher Bedeutung ist. „Die Schneiderei ist im Alltag nicht mehr gegenwärtig", sagt die Tochter. „Der damit verbundene Wissensverlust über die Qualität unserer Kleidung ist groß." Es entstand eine Mentalität der Geringschätzung.

Die Achtsamkeit ist ein Merkmal ihrer Malerei. „Alle Farben sind schön", sagt sie. Erben habe einen ähnlichen Ansatz. „Die Liebe zu den Farben, das Farbgefühl verbinden Ulrich und mich." Bis heute sind Seifert und Erben in Kontakt. 1989 half er ihr aus einer Sackgasse heraus. Damals war sie Kunstlehrerin an einer Schule in Köln, wollte aber nicht mehr. „Ulrich hat mich ermutigt, ein Gaststudium bei Paik an der Düsseldorfer Kunstakademie zu beginnen." Nam June Paik lehrte dort Video- und Medienkunst. Noch heute schwärmt sie von der Zusammenarbeit mit diesem Avantgardisten, von seinem Humor und seiner Spiritualität.

Erben hatte keinen Klassenstil

Fast hätte auch der Maler Stephan Baumkötter zum „ersten Schwung" der Erben-Klasse gehört. Aber er musste nach Beendigung des „O-Bereichs" zum Zivildienst. Im Herbst 1983 kehrte er an die Akademie zurück und landete zunächst in einer anderen Klasse. „Der Lehrer war schräg drauf,

Stephan Baumkötter
o.T., 2010, Ölstift/ Papier
220 × 150 cm

es gab harte Auseinandersetzungen." Die Hinwendung zu Erben war also, so drückt er es aus, „relativ logisch". Zumal Baumkötter sehr stark vom Zeichnen her kam, was man bis heute sieht. Er reichte bei Erben eine Mappe ein, es gab ein Gespräch, dann war er dabei.
„Ein Heimspiel quasi", sage ich in Anspielung auf seine Geburtsstadt Münster. Aber aufmerksam auf diese Hochschule wurde er durch den Filmemacher Lutz Mommartz, der dort eine Professur hatte. Baumkötter liebte seine Experimentalfilme. Und er dachte sich, wenn dieser Avantgardist dort lehrt, dann kann das keine schlechte Bildungsanstalt sein. Es ist schon ein verrückter Zufall, dass es auch Mommartz war, der Erben animierte, eine Professur in Münster anzustreben.
Bei Erben gab es keinen Klassenstil. „Die meisten malten nicht. Es war die Klasse mit der offensten Haltung. Erben hat sich immer auf die Arbeit der Schüler eingelassen. Was zu der Zeit unüblich war", sagt Baumkötter, der heute selbst unterrichtet, an der Hochschule für Künste in Bremen.
Ihm käme es nicht in den Sinn, die Studierenden in einer ganz bestimmten Gattung oder Formsprache arbeiten zu lassen. Damals war es aber üblich, die eigene Arbeit zur Vorgabe zu machen. „Die Professoren traten relativ autoritär auf", erinnert er sich.
Als Baumkötter 1983 in die Klasse von Erben kam, hatte Andreas Karl Schulze bereits mit dem Malen begonnen. „Diese Quadrate", erinnert sich Baumkötter. Der Verehrer von Josef Beuys hatte, durch Erben inspiriert, ein neues „Möglichkeitsfeld" (Schulze) für sich entdeckt. Schon bald entwickelte er eine eigene Technik, diesen gleichmäßigen Farbauftrag in Acryl auf Baumwolle, „der jeden subjektiven Duktus vermeidet", so beschreibt es die Kunsthistorikerin Sabine Elsa Müller. Auf diese Fläche positioniert Schulze farbige Rechtecke oder kleine Quadrate so, dass ein Spannungsverhältnis mit dem Umfeld entsteht. Auch Gegenstände außerhalb des Bildes bezieht er mit ein. Baumkötter findet den Ansatz des Kollegen „wahnsinnig konsequent mit seinen Quadraten. Er hat das Bildprogramm durchgehalten, wird oft installativ, ist überraschend, immer neu". Bis heute teile er mit Schulze „gemeinsame Interessen".
Baumkötter fühlte sich schon als Kunststudent herausgefordert, sich in einer Gattung auszudrücken, die als erledigt galt. Die Frage ist doch: „Was wäre da noch möglich, wenn die Postmoderne von einem Ende spricht?" Und: „Was kann die Malerei, was andere künstlerische Medien nicht können? Gute Arbeiten sind immer sehr subjektiv", betont Baumkötter, „sehr eigen".
Kollege Schulze setzt noch einen drauf, indem er eine berühmte Beuys-Gleichung variiert: „Kunst ist Freiheit". Wenn der Umgang mit Kunst den Aufbruch zu sich selbst bedeutet, dann muss jede kreative Form möglich sein, die dies befördert. Weshalb Schulze auch „mit manchen Begriff-

lichkeiten nicht einverstanden ist". Er wehrt sich gegen voreilige Kategorisierungen, die ja auch das genaue Hinschauen verhindern. „Die Minimal Art ist gar nicht so minimal, sie ist viel komplexer." Baumkötter findet diese Haltung nachvollziehbar. Die Begriffe aus den Siebzigern gäben die aktuellen Strömungen nicht angemessen wieder. „Auch die KritikerInnen und KunstwissenschaftlerInnen müssen sich auf jede Arbeit neu einlassen." Baumkötter beschreibt seine Kunst als eine Mischung aus Zeichnung und Malerei. Er nimmt den Stift in die Hand und lässt sich auf den Prozess ein, übermalt so lang die Leinwand, bis sie eine gewisse Farbigkeit und Flächigkeit entwickelt. „Ich mache keine Planung für das Bild, wenn ich anfange zu arbeiten. Ich entscheide nur die Art und Weise, wie ich arbeite, die Verfahrensweise." In der Galerie von Anke Schmidt in Köln kann man virtuose Beispiele dieser „verdichteten Zeichnungen" sehen.

Der Schöpfungsakt kann auch schief gehen. Schneider spricht von einem Seiltanz ohne Netz, wenn er ganz ohne Konzept vor der Leinwand steht und sich überraschen lässt. Diesen „Mut zum Fehler" wollte er auch bei seinen Studenten sehen. In den zahllosen Bewerbungsmappen, die er als Dozent beurteilen musste, suchte Schneider aber zunächst nach einer ganz anderen Tugend: „Man muss erkennen, dass die Leute arbeiten." Die Freiheit findet im Kopf statt, ansonsten heißt es „zäh sein".

Ein Mist mit dem Geld

Und wie hält es die freie Kunst mit dem Markt? Der kommerzielle Aspekt dürfe bei der Entstehung eines Werks keine Rolle spielen, meint Baumkötter. „Aber wenn man was entwickelt hat, ist die Überlegung wichtig, wie es weitergeht." Als er bei Erben studierte, war dieses Thema nachrangig. „Damals war es auch einfacher, gesehen zu werden, meint der Professor für Malerei. „Die Szene war viel weniger international." Heute stellen seine Bremer Studenten mit Künstlern aus Afrika, Asien, dem lateinamerikanischen Raum aus. Wobei sich die jungen Leute „ganz toll organisieren", die neuen Medien nutzen oder kostengünstig selber kleine Kataloge herstellen.

„Künstler ist eigentlich kein Beruf", wirft Schneider in die Debatte ein. „Im Kunstbetrieb ist nichts klar." Schneider nennt die Musik als Gegenbeispiel. „Wenn da die Voraussetzungen stimmen, bekommst du Auftritte." Baumkötter sieht insgesamt die ökonomische Entwicklung der letzten Jahre kritisch. „Das Verhältnis zwischen dem, was man verdient und was man ausgibt, ist problematisch geworden." Schneider hat in Wuppertal in einer alten Bandweberei noch ein preiswertes Atelier gefunden. Doch solche Fabrikräume als Rückzugsorte verschwinden. Leerstehende Büroflächen helfen den Künstlern nicht, „zu niedrig", sagt Schneider. Selbst in Köln, in den Achtzigern ein Refugium für viele Künstler, werde es immer aussichtsloser, geeignete Hinterhofsituationen für Atelierräume zu finden, beklagt der Wahlkölner Baumkötter und mahnt eine veränderte Stadtplanung an.

„Es ist ein Mist mit dem Geld. Meine Studierenden müssen alle jobben." Die Malerin Heike Kati Barath hat wie Baumkötter eine Professur an der Hochschule für Künste in Bremen. „Ich versuche aber zu vermitteln, dass es viele Möglichkeiten gibt, als KünstlerIn zu leben. Dass man glücklich leben kann, nicht bitter wird." Ganz wichtig sei es, eine eigene Sprache zu finden. Und dann müssten sie die Ersten sein, die an sich glauben. Barath selbst hatte spätestens in der Diplomarbeit „ihre Sprache" gefunden, farbenfrohe, meist übergroße Bilder von Jugendlichen in der Pubertät. Durch

Körperhaltung und Mimik, die Gesichter comicartig reduziert, werden die Figuren „so ein Gegenüber", sagt Barath. Der Betrachter, die Betrachterin, hat das beunruhigende Gefühl, die „wollen was von einem".

Oft bindet Barath ihre Klasse mit in ihre Planungen ein. So kommen sie aus der akademischen Blase raus. „Ausstellungen zu machen, gehört für mich zur Lehre dazu. Sie stellen aus, sie planen zusammen. Ich lerne viel." Als Barath 2017 den Karl Ernst Osthaus-Preis erhielt, nahm sie ihre Klasse mit nach Hagen. Studierende und Ehemalige entwickelten für einen Raum des Osthaus-Museums ein Ausstellungskonzept, das in engem Bezug zum räumlichen Umfeld stand. Eine Gestaltungsidee ganz im Sinne des Folkwang-Gründers.

In Erbens Klasse fühlte sich Barath eine Weile wie ein „Kuckucksei". Dabei wollte sie 1993 unbedingt zu ihm. Aber Erben war zunächst nicht so begeistert. „Richtig nett wurde es mit Ulrich erst später." Sie malte Figuren, „war bunt, laut, nicht sensibel". Sie musste lernen, sich zu verteidigen. „Ich habe mir ein dickes Fell angeeignet."

Noch heute erinnert sie sich an einen Ausspruch von ihm: „Kati, Kati, wir müssen reden." Jetzt lacht sie darüber, damals hatte sie Magenschmerzen. Versöhnliche Schlusspointe: Ein großformatiges Bild von ihr hängt bei Erben im Eingangsbereich seines Hauses am Niederrhein.

Ähnlich wie Schneider wollte die in Vaihingen geborene Barath zunächst Musik studieren. Aber sie hatte keine Lust, in Konkurrenz zu ihrer größeren Schwester zu stehen, die bereits ein Musikstudium begonnen hatte. Auch wenn Barath immer wieder gern ins Dreidimensionale ausgreift, versteht sie sich als Malerin. „Alles ist erlaubt", sagt sie und benutzt auch mal Acrylfugendichter und Bauschaum. „In meinen Bildern gehe ich den Mitteln der Malerei nach, in all ihrer Vielfalt." Auch Zufall und Missgeschick nimmt sie als Impulse auf. „Und Malerei im Raum zu inszenieren, mit ihr die Ausstellungsorte zu verändern und neue Räume zu schaffen, finde ich aufregend."

Nach dem etwas schwierigen Kunststudium ging es für Barath versöhnlich weiter. Dem Meisterschülerbrief folgten kurz hintereinander drei Arbeitsstipendien. „Das war toll, weil ich einfach malen konnte." Einzelausstellungen kamen hinzu, besonders engagiert die Kölner Galerie Luis Campagna. In Köln lebte Barath bereits während ihres Studiums. Um zur Akademie im fernen Münster zu kommen, bildete sie, genau wie Seifert und Schulze zehn Jahre vor ihr, eine Fahrgemeinschaft. Seit 2013 lehrt sie in Bremen figurative Malerei. Baumkötter hatte sie empfohlen.

Zwei Jahre an Anträgen gesessen

Schneider schuf sich seine Professorenstellen selbst. Hauptmotiv: „Unzufriedenheit". Nachdem er eine Weile „seine Brötchen in der Lehre verdient hatte", dachte er sich: „Das können wir besser." Er wünschte sich ein Bildungssystem, das sich selbst gestaltet. „Ich war ein großer Befürworter der Freiheit." Schneider war Waldorfschüler. Beuys' Idee von der „sozialen Plastik" und seinem „erweiterten Kunstbegriff", dann aber auch die noch immer innovativen Grundsätze des Bauhauses und die „Ruck-Rede" von Roman Herzog inspirierten seinen Plan von einer selbstverantwortlichen und wirtschaftlich autark arbeitenden Kunstakademie im Ruhrgebiet.

Im März 1997 fand eine Einführungsveranstaltung im Atelier des Kompagnons und Malerkollegen Veit Johannes Stratmann statt. Im Stil eines Danton hielt Schneider eine Rede vor etwa 80 bis 90 Anwesenden, in der er unter anderem die Frage stellte, „wie denn die Menschen kreativ

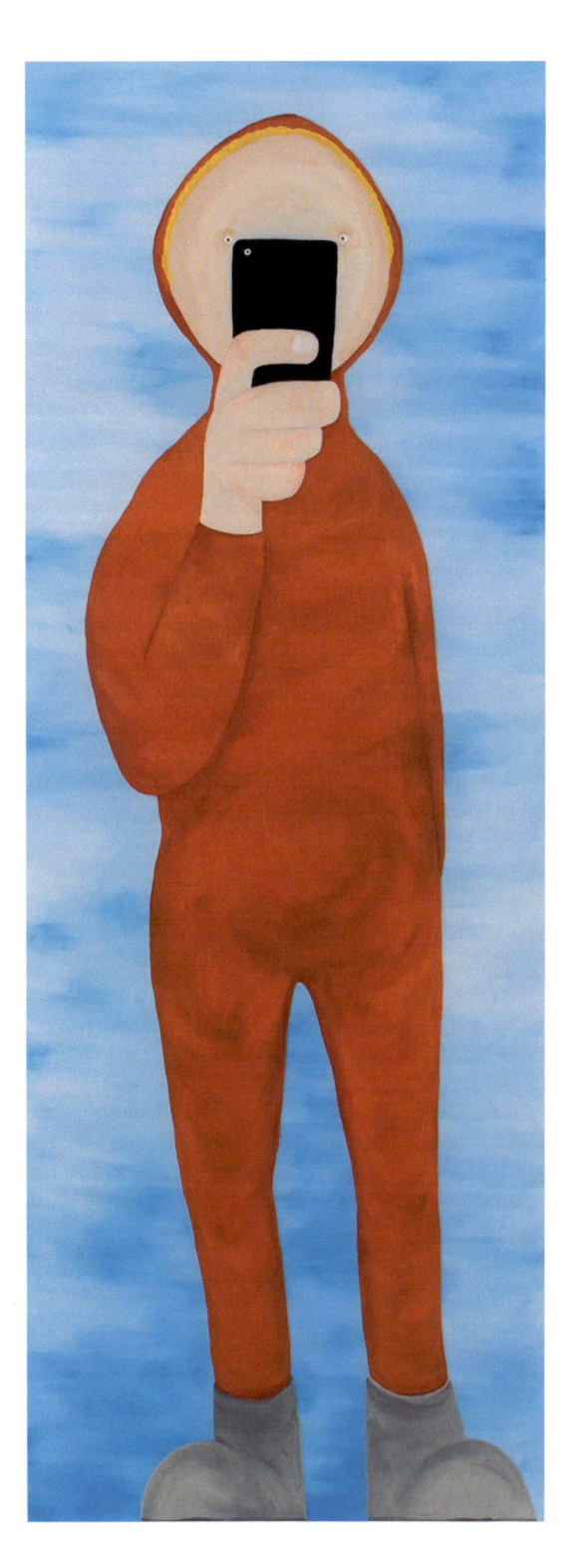

Heike Kati Barath
o.T., 2020, Öl auf Leinwand
300 × 110 cm

sein könnten, wenn ganzheitliche Bildung in und an der Kunst praktisch keine Rolle mehr in den Bildungskonzepten unserer Gesellschaft spielt und Kunst immer mehr zu Immobilien-Dekor und zur Geldanlagemöglichkeit degradiert wird?" Nach dem Vortrag „kamen gleich 25 Leute, die anfangen wollten".

Auf dem Hinterhof eines ehemaligen Stallungsgebäudes von ca. 250 qm in Essen-Kupferdreh ging es los. Bei der Bezirksregierung Düsseldorf wurde die „Freie Kunstakademie Rhein/Ruhr" als freie Unterrichtseinrichtung registriert. Für das Wintersemester 97/98 hatten sich ca. 35 Studenten eingetragen. Der gesamte Geschäftsaufbau wurde ohne Eigenkapital und Bankkredite, allein aus den vereinbarten Studiengebühren geleistet. Die Akademie bekam schnell einen beachtlichen Zulauf, es mussten neue Künstlerklassen eingerichtet werden. Nach den beiden ersten Lehrenden Stratmann und Schneider kamen sechs weitere Dozenten hinzu, unter anderem die Bildhauerin Ellen Hartleif, ebenfalls eine Meisterschülerin bei Ulrich Erben.
Unterschiedliche Standpunkte über die Ausrichtung der Hochschule führten schließlich zu einem Zerwürfnis in der Leitung. Als Schneider die Akademie 2001 verließ, zählte sie über 100 Studenten. Jetzt hätte er sich endlich mal wieder auf Industriebrachen „herumtreiben" können, aber er gründete die nächste Akademie. „Machen Sie mal eine kleinere AG", rieten Fachleute. Ihm gelang es gemeinsam mit einer Partnerin das nötige Stammkapital von 100.000 DM aufzubringen.
Nun mussten für die frisch gegründete „freie kunstakademie AG" neue Räume her. Wieder wurde Schneider in Kupferdreh fündig. Die Akademie kam „im ehemalig größten Websaal Europas", in der Weberei Colsman unter. „Es ging gleich steil

nach oben. Ein Käseblatt aus der Region schrieb: 'Worpswede des Ruhrgebiets'. Was natürlich Quatsch war." Das traditionsreiche Industrieviertel beherbergte allerdings nun zwei Kunstakademien. Die „Freie Kunstakademie Rhein/Ruhr" zog später nach Krefeld um.

Nicht zuletzt weil 29 Studierende und vier Lehrende aus der alten Akademie Schneider folgten, ging es schnell aufwärts. Bis 2006 wurden an der „Freien Kunstakademie" bis zu 13 Klassen eingerichtet, in denen über 200 Studierende aus dem gesamten Bundesgebiet und dem Ausland unterrichtet wurden. 2005 schaute sich Ulrich Erben zum ersten Mal an, was sein ehemaliger Student da aufgebaut hatte. Ihm gefiel das industrielle Ambiente und er war beeindruckt vom organisatorischen Kraftakt. Mir sagte er: „Das ist ja für Künstler keine so lustige Sache."

Dann wurde die Fabrik falsch saniert. „Die Oberlichter aus Drahtglas wurden durch Kunststoff ersetzt. Im Sommer zu heiß und bei starkem Regen zu laut." Als Ankermieter kam die Akademie in der ehemaligen Zeche Prinz Friedrich unter. „Direkt am Baldeneysee, sehr schön, sehr stilvoll." Kredite in einer Gesamthöhe von 380.000 Euro mussten gestemmt werden. Die Einrichtung erhielt einen neuen Namen: „Freie Akademie der bildenden Künste" (fadbk).

Dann die Finanzkrise. Schneider gelang es, den Vermieter des Geländes, die Timpe-Gruppe, in den Aktionärskreis der Gesellschaft zu holen, was eine Kapitalerhöhung bedeutete. Aus dem „verbummelten" Studenten Schneider war ein taffer Manager geworden. Deshalb wusste er auch, die private Akademie musste ökonomisch in ein ruhigeres Fahrwasser kommen. Seit 2007 suchte er Wege, die staatliche Anerkennung als Kunsthochschule zu erlangen. Ein langwieriges Unterfangen. „Zwei Jahre habe ich an diesen Anträgen gesessen, war immer weniger an der Staffelei."

Fünf Jahre nach Voranfragen an das NRW-Ministerium und Beantragung der Akkreditierung lag dann tatsächlich „die Akkreditierung von drei Studiengängen vor". 2013 startete die staatlich anerkannte Hochschule der Bildenden Künste Essen mit drei Bachelor-Studiengängen. Schneider wurde Gründungspräsident und erhielt eine Professur für Malerei und Grafik. Jetzt hat die HBK etwa 330 Studierende, 20 Professuren und etwa genauso viele Lehrbeauftragte. Seit 2020 sind zusätzliche Räumlichkeiten in einer ehemaligen Bandweberei in Wuppertal angemietet.

Als ich Schneider in Barmen-Mitte besuche, ist er gerade raus aus dem Präsidium und hat endlich mehr Zeit für die Kunst. Er ist nicht ganz im Frieden geschieden, aber das Atelier passt. „Tageslicht Nordlicht, relativ konstant", spricht er zufrieden zum hohen Fenster hin. Mit dem Bildungssystem, das sich selbst gestaltet, hatte es ja nun „nur" phasenweise geklappt. Um die Kunsthochschule Essen akkreditieren zu können, musste er sich auf eine europaweit zertifizierte Qualitätssicherung einlassen: Bologna. „Wollten wir zunächst nichts mit zu tun haben", sagt Schneider. Doch das Ministerium schrieb zurück: „Ihr dürft aber gar nicht anders." Schneider lacht in sich hinein. „Aber wer weiß, Ideen sind langlebiger und wirkmächtiger als Geld und Macht und insofern ist noch nicht ausgemacht, wie sich das entwickelt und wie es endet."

Im Nebenraum stapelt ein Kunststudent flaschenähnliche Glasbehälter zu einem fragilen Turm auf.

Ulrich Erben vor seinem Atelier in Düsseldorf

Martin Willems

Ingrid Bachérs Vorlass im Heinrich-Heine-Institut

Entgegen andauernder Klischees ist die Tätigkeit in einem Archiv kommunikativ, so auch beziehungsweise gerade im Heinrich-Heine-Institut[1] mit seinen beinahe 200 Vor- und Nachlässen: Nutzerinnen und Nutzer, welche die hauptsächlich papiernen Materialien erforschen oder online auf Bestände zugreifen, wollen beraten, vielfältige Fragen beantwortet werden. Hinzu kommen Informationsveranstaltungen für Schülerinnen und Schüler wie Studierende, die regelmäßig Bildungspartnerschaften und Praktika initiieren. Besonders nachhaltig gestaltet sich archivische Kommunikation allerdings während der Übernahme eines Vorlasses, naheliegenderweise aus Sicht der Person, die den geeignetsten Ort für die persönliche Überlieferung sucht, doch ebenso für das Archiv. Das dem Institut durch Ingrid Bachérs bedeutende Schenkung von Zeugnissen des literarischen (Lebens-)Werks dargebrachte Vertrauen, geht mit der Verantwortung einher, die Archivalien zu bewahren, zu verzeichnen und der (wissenschaftlichen) Auseinandersetzung zugänglich zu machen. Der herzlichen Aufgeschlossenheit Ingrid Bachérs ist es zu verdanken, dass stets die Möglichkeit der Kontaktaufnahme gegeben war, um etwa Entstehungszusammenhänge zu ergründen, die ihr Erzählvermögen auf faszinierende Weise erlebbar werden ließ. Seit der ersten Ablieferung im Juni 2013 kam es zu drei weiteren Übergaben unterschiedlichster Dokumente, die insgesamt 17 Archivkartons umfassen; die Ordnung orientiert sich am geläufigen, in der RNAB[2] ausführlich erläutertem Schema.

Werke

Die umfangreichste Bestandsgruppe beinhaltet maschinenschriftliche Manuskripte verschiedener Genres. In der Regel handschriftlich gehalten sind Entwürfe, eigenhändige Korrekturen, Anmerkungen, gelegentlich Skizzen veranschaulichen immer wieder den Arbeitsprozess. Die Titel folgen hier jeweils der Vorlage, in eckigen Klammern vermerkt wurden ermittelte Informationen wie das Entstehungsjahr[3], selbst vorgenommene Datierungen fehlen bis auf wenige Ausnahmen.

Bühne: „Der Garten"; „Die Zentauren kommen zurück. Komödie"; „Don Quichotte kehrt zurück"; „Rumpelstilzchen. Weihnachtsmärchen in vier Akten"; „Und wenn sie nicht gestorben sind …".

Feuilleton: „Abschied ohne Ende" [über Else Lasker-Schülers Gedicht „Abschied", 2014]; „Auf Abruf" [1998]; „Auf den Spuren des Genius loci"; „Aus den immerwährenden Gesprächen von Candide und seinem Meister"; „Begegnungen"; „Beim Ansehen der Bilder einer Hand"; „Berlin ist eine

---

1 Das Archiv des Heinrich-Heine-Instituts gliedert sich in die Handschriftenabteilung I, die neben Heinrich Heines Teil-nachlass Sammlungen zu Clara und Robert Schumann sowie Autografe von Autorinnen und Autoren aus dem Vormärz verwahrt, und die Handschriftenabteilung II, das sogenannte Rheinische Literaturarchiv. Letzteres ist gewillt, das lite-rarische Leben des Rheinlands, inbegriffen die Literaturvermittlung und -Rezeption, abzubilden. Seine Zuständigkeit sieht das Archiv im rheinisch-bergischen Raum, dem Verwaltungsbereich des Landschaftsverbands Rheinland. Nicht zuletzt aufgrund der Sammlungshistorie der Vorgängereinrichtung, der Handschriftenabteilung der Landes- und Stadtbibliothek, räumt man der Musik eine mittlere Priorität ein. Einen geringeren Schwerpunkt legt man auf rein wissen-schaftliche oder künstlerische Überlieferungen, die lediglich bei einer Verbindung zur Institutsgeschichte oder zur Düsseldorfer Kunstakademie übernommen werden.

Stadt im Osten" [1981]; „Beschwörung des Todes" [über Theodor Storms Gedicht „Geh nicht hinein", 2007]; „Blaubarts Raum" [über Max Frischs Erzählung „Blaubart", 1982]; „Christo"; „Das Gewicht der Worte. Stichwort zum Statement: Liegt Babel in Berlin?" [2011]; „Der Maßstab"; „Der Wendepunkt. Die Variationen über ein landschaftliches Thema"; „Die Glut des Bleibenden" [über Max Herrmann-Neißes Gedicht „Notturno", 2013]; „Die Harmlosigkeit und das Schicksal" [über Harry Mulisch, 1992]; „Die Räume des Gregor Schneiders"; „Die Rede einer alten Frau"; „Die umgekehrten Bilder"; „Die Zeit in der die Zeugin hätte aussagen können" [1981]; „Ein Schildbürgerstreich"; „Einige Überlegungen zu einem Gedicht von Ingeborg Bachmann" [1991]; „Else Lasker-Schüler in Zürich"; „Für einen Augenblick – Venedig"; „Für Volker Dittrich"; „Geht's uns was an?" [über Volker W. Degeners Erzählung „Geht´s uns was an?", 1981]; „Halbmond in Holstein. Mitreissende Uraufführung von ‚Hadschi Halef Omar'", 1955; „Hardenberger Gespräche"; „Hunger und Durst" [über Gudrun Pausewangs Buch „Ich habe Hunger, ich habe Durst", 1981]; „Ich würde es immer wieder tun. Nachrichten von der ‚Weißen Rose'"; „Im Schatten des Vaters"; „Imagination. Ausstellung bildnerischer Poesie im Bochumer Museum"; „Johanna Ey und das Außerordentliche", 1987; „Keine Angst vor dem Alter"; „Kunst als Überlebensmöglichkeit" [über Hans Dieter Schwarze]; „Kunst dokumentiert Vergangenes. Ausstellung ‚Sahara – 10000 Jahre zwischen Weide und Wüste' in der Kölner Kunsthalle"; „Latinische Landschaften"; „Mein Sonntag auf Sylt"; „Meine Lehrer"; „Mephistos Lamento"; „Neue Romane braucht das Land. Kultur im Gespräch"; „Peter Weiss – Der Künstler und Schriftsteller"; „Sarajewo – nach der Belagerung"; „Unterwegs im Stillstand" [2008]; „Vaterland-Bruchstücke"; „WAMM. Eine Friedensgruppe aus den USA" [1983]; „Was mir wertvoll ist"; „Wer sich mit Geschichte beschäftigt, kann sie von Politik nicht trennen", 1995; „Wir werden KP Herbach nicht wiedertreffen" [2004]; „Zu den Arbeiten von Halina Jaworski"; „Zu den Atelierfotos von Erika Kiffl"; „Zu wissen, was zählt" [über Mascha Kalékos Gedicht „Gewisse Nächte", 2008]; „Zum Gedenken an Ernst Kaiser"; „Zum Thema: Philipp Mißfelder und die Generationendebatte"; „Zur Ausstellung ‚Visuelle Poesie der siebziger Jahre' in Gelsenkirchen"; „Zwei Standbilder".

Film: „Das Dorf" [Treatment]; „Das Paar", 1981 [Treatment]; „Das Rippel", 2017 [nach Bachérs Kinderbuch „Gespenster sieht man nicht"; enthält: Korrespondenz mit Ben und Dominik Reding]; „Der Absturz" [Treatment]; „Der Fußgänger" [Treatment, 1987]; „Der Weg nach Byzanz" [Treatment]; „Die Grube" [Treatment]; „Die Unruhigen" [Verfilmung von „Robert – oder das Ausweichen in Falschmeldung"]; „Eine Fahrt" [Treatment]; „IchundIch" [enthält: Korrespondenz mit Caterina Klusemann]; „Karin Nockenberg"; „La Isla" [Treatment]; „Mein Kapitän ist tot" [1968]; „Tiger-Tiger" [1964]; „Unterweisung für eine Tochter".

Hörspiel: „Das Double"; „Das Fest der Niederlage", 1967; „Das Gesicht der Welt. Winterliches Rom", 1966; „Das Karussell des Einhorns" [1963]; „Der Verlust"; „Der Zuhörer", 1999; „Die Ausgrabung" [1965]; „Ein glücklicher Abend"; „Ein Schiff aus Papier", 1977; „Ein Tag Rückkehr" [1966]; „Flughafen Detroit, 15 Minuten Aufenthalt"; „Frau Lot"; „Marie Celeste. Das verlassene Schiff" [1963]; „Puppe Elli ertrinkt. Ein Märchenspiel"; „Um fünf, wenn der Klavierspieler kam [1964]".

Prosa: „Als er verschwand"; „An einem Mittag in Apulien"; „An jenem Tag ..."; „Das Boot an der Pinie auf dem Berg" [1966]; „Das Kind und die Katze" [1962]; „Der ferne Marktplatz" [1961]; „Der Liebesverrat"; „Die Entscheidung"; „Die Grube";

---

2 Vgl.: Ressourcenerschließung mit Normdaten in Archiven und Bibliotheken (RNAB) für Personen-, Familien-, Körper-schaftsarchive und Sammlungen. Richtlinie und Regeln, URL: https://d-nb.info/1271740966/34 (zuletzt aufgerufen: 22.3.2023).

3 Vgl. Bernd Kortländers Bibliografie in: Ders. (Hrsg.): Ingrid Bachér Lesebuch [Nylands Kleine Rheinische Bibliothek, Bd. 11], Düsseldorf: Edition Virgines 2015, S. 147-157.

„Die Hecken wachsen zu. Roman"; „Die Insel" [1978]; „Die Unzulänglichen. Roman"; „Düsseldorfer Marginalien" [1991]; „Ein Abend zu dritt"; „Ein Haus für uns" [1974]; „Ein Photo, lange betrachtet"; „Ein widerlicher Mensch" [1961]; „Eine Tat oder die andere"; „Ferientag"; „Feuer in der Nacht"; „Fluchtversuch"; „Flüchtig in New York"; „Freundschaftsgeschichte"; „Frieder geht den Worten nach"; „Geh nicht hinein" [1967]; „Geh und spiel mit dem Riesen"; „Gottverloren"; „Hinter den Bergen"; „Ich fahre nach Hause"; „Ich will das Alter nicht verpassen"; „Ihr Meergeister, Luft- und Erdgeister, ihr Geschichtsgeister und die, die geschichtsreich ewig sind, steht mir bitte bei!"; „Karussellgeschichte"; „Kein schöner Tag"; „Leichte Bewegung"; „Les joueurs de tarot" [unvollständige Übersetzung von „Die Tarotspieler"]; „Nadine"; „Noch einmal zurück ..."; „Robert – oder das Ausweichen in Falschmeldung" [1965][4] ; „Römische Kühle" [1968]; „Sarajewo"; „Schwiegertochter"; „Seillaufen für sich"; „Sie kam an in der Stadt ..."; „Sieh da, das Alter. Tagebuch einer Annäherung"; „Unaufhaltsam vor Jamaica" [1958]; „Warum lachte Herr Fürneisen".

Vortrag/Rede/Interview: „Achtzig Jahre, lieber Bernd. Für Bernd Dieckmann" [2009]; „Eröffnung der Ausstellung von Gisela Scheidler am 21.11.1997"; „Interview mit Andrei Zanca", 1999; „Interview mit Jürgen Dahl", 2001; „Ist literarisches Schreiben lehrbar? Über den Sinn und Unsinn einer Ausbildung für Schriftsteller" [1998]; „Liebe rotarischen Freundinnen und Freunde"; „Lieber Günter Grass ..."; „Rede anlässlich der Verleihung des Ferdinand-Langenberg-Kulturpreises" [1995]; „Rede für den 30.11.02" [im Rotary Club]; „Rotary, 1. Dezember 2012"; „Verehrter Victor Pfaff ..."; „Vom Wert der Freundschaft. Rede zum fünfjährigen Jubiläum des Rotary Clubs Schlossturm" [2007]; „Zum Projekt der Anthologie: Schreiben in der Diktatur".

Zudem überliefert: Manuskripte (teilweise in Kopie) von Elisabeth Albertsen, Fritz Beer, Horst Bingel, Thomas Brasch, Helmut Braun, Kurt Detlev Buck, Hans Habe, Ernst Kaiser, Peter Kammerer, Cees Nooteboom, Clarissa Scherzer, Bernhard Schlink, Klaus Staeck, Jasper Tilmann, Günter Tondorf und Louise Treplin.

Korrespondenzen

Neben hand- und maschinenschriftlichen Briefen finden sich in geringer Zahl Faxe sowie ausgedruckte E-Mails; häufig hat Ingrid Bachér Korrespondenzstücke mit Notizen versehen. Die an sie gerichteten Briefe überwiegen deutlich, nur selten sind Durchschläge von abgesendeten Schreiben vorhanden. Über die hier ausgewählten Persönlichkeiten und Institutionen hinaus existieren zusätzliche Briefwechsel mit Akteurinnen und Akteuren des Literaturbetriebs, Verlagen, Produktionsfirmen: Jürgen Becker, Beltz & Gelberg, Hans Bender, Heinrich Böll, Eva Demski, Volker Dittrich, Horst Drescher, Eremiten-Presse, Klas Ewert Everwyn, Max Frisch, Ralph Giordano, Günter Grass, Klaus Harpprecht, Jakob Hessing, Hoffmann und Campe, Marie Luise Kaschnitz, Walter Kempowski, Michael Krüger, Günter Kunert, Siegfried Lenz, Katharina Mayer, Christoph Meckel, Harald Naegeli, Paul Nizon, Neo Rauch, Marcel Reich-Ranicki, Hans Werner Richter, Hans Joachim Schädlich, Bernhard Schlink, Wolfdietrich Schnurre, Ingo Schulze, Hanna Schygulla, Siegfried Unseld, Martel Wiegand, Manfred Windfuhr, ZDF.

Lebensdokumente

Hierzu zählen „Ressourcen der privaten und beruflichen Lebensführung"[5], bis dato Verträge, Vereinbarungen, Honorarabrechnungen, Fotogra-

---

4 Das im Vorlass wieder aufgetauchte Manuskript wurde von Henriette Herwig, Sabrina Huber und Denise Pfennig (um ein Gespräch mit der Autorin ergänzt) kommentiert herausgegeben: Robert oder Das Ausweichen in Falschmeldungen. Roman, Berlin u. a.: LIT Verlag 2019.

5 RNAB (siehe Fußnote 2), S. 10.

6 URL: https://emuseum.duesseldorf.de/collections (zuletzt aufgerufen: 22.3.2023).

fien und eine der frühesten Archivalien im Vorlass, ein am 30. Dezember 1948 durch das Land Schleswig-Holstein ausgestellter Flüchtlingsausweis.

Sammelstücke

Vielgestaltige Konvolute zeigen Bachérs gesellschaftliches und kulturpolitisches Engagement, ihren Aufruf gegen Rechtsextremismus angesichts der Morde des Nationalsozialistischen Untergrunds („Auch wir fordern ‚Taten statt Worte!'"), den offenen Brief in Bezug auf das 39er-Denkmal, Reeser Platz, das Wirken als Vorsitzende der Heinrich-Heine-Gesellschaft, aber in besonderem Maße die Amtszeit als Präsidentin des westdeutschen PEN-Zentrums: chronologisch angeordnet, vermitteln Pressespiegel, Protokolle, Aktenvermerke und Korrespondenzen (Ralph Giordano, Günter Grass, Christoph Hein, Reiner Kunze, Alice Schwarzer etc.) aus dem Zeitraum 1995-1996 einen Eindruck der anvisierten Zusammenführung von Ost- und West-PEN, die schließlich 1998 umgesetzt wurde. Ferner archiviert ist eine Pressedokumentation (unter anderem Rezensionen), Veröffentlichungen Bachérs in Zeitungen und Zeitschriften, Programme, Flyer, Verlagsvorschauen, außerdem allgemeineres Recherchematerial.
Die (digitalisierten) Audiokassetten bestehen aus Rundfunksendungen zu Werken Bachérs, eigenen Hörspielen, Lesungsaufzeichnungen und einem Teilmitschnitt der am 20. Mai 1995 stattgefundenen PEN-Jahrestagung in Mainz. Die ‚Bibliothek' versammelt Beiträge in Anthologien und Periodika, ebenfalls ein im Kontext des Romans „Die Grube" angelegter Handapparat.

Kontinuierlich erhalten jene Bestandsinhalte Eingang in das Düsseldorfer Kunst- und Kulturarchiv, kurz: d:kult, über deren Internetpräsenz Interessierte weiterführende Metadaten abrufen können.[6] Unter Wahrung der im Archivgesetz Nordrhein-Westfalen festgeschriebenen Schutzfristen und des Persönlichkeitsrechts ist nach Anmeldung eine Einsichtnahme vor Ort möglich. Möchte jemand aus Archivalien zitieren, erfahren wiederum urheber-rechtliche Bestimmungen Anwendung, die sich auch auf den Bereich der Korrespondenz erstrecken.[7] – Und wie klingt nun archivische Kommunikation mit Ingrid Bachér? In einem Brief bringt sie die Arbeit eines Archivs auf die wunderbar treffende, zugleich motivierende Formel:
„Sie sind für mich der Hüter der Vergangenheit und so können Sie bewahren, was uns immer mehr entgleitet, die Gegenwart und deren Fundament."

---

7 Vgl. u. a.: Maya El-Auwad, Georg Fischer: Plagiat vs. Zitat: Was es bei der Übernahme fremder Gedanken zu beachten gilt, URL: https://irights.info/artikel/plagiat-vs-zitat-was-es-bei-der-uebernahme-fremder-gedanken-zu-beachten-gilt/31065 (zuletzt aufgerufen: 22.3.2023).

Ingrid Bachér
Foto: Ulrich Erben

Die Autorinnen und Autoren

Karl Heinz Bonny war zunächst als Fachredakteur im Bereich Technik & Wirtschaft, später über Jahrzehnte als Manager im Verlags- und Mediengeschäft tätig. Er engagierte sich gut zwanzig Jahre im Vorstand des Fördervereins der Kunstakademie Münster und war von 2011 bis 2016 Mitgesellschafter der Petra Rinck Galerie Düsseldorf. 2018 gab er den Band *Freies Theater im Westen* über „*Die Bühne*" von Ernest Martin heraus, 2020 folgte ein Sammelband über Dieter Forte, nun das vorliegende Buch zu Bachér/Erben.
Foto: Alexander Vejnovic

Dr. Olaf Cless ist Kulturredakteur des Düsseldorfer Straßenmagazins *fiftyfifty*, für das sich auch Ingrid Bachér seit langem engagiert. Von seinen dort monatlich erscheinenden Glossen sind zwei Auswahlbände erschienen. Er war maßgeblich beteiligt an dem von Karl Heinz Bonny herausgebrachten Band „*Ich schwimme gegen den Strom*" – *In der Erinnerung an Dieter Forte* (2020). Mit dem Heinrich Heine Salon e. V. hat er zahlreiche literarische Matineen realisiert und tut dies weiterhin.
Foto: Peter Lauer

Prof. Dr. Erich Franz wurde 1944 in Schleusingen/Thüringen geboren und lebt in Münster in Westfalen. Nach einem Studium der Kunstgeschichte war er 1977-2009 Kurator für moderne Kunst an der Kunsthalle Bielefeld, am Museum Folkwang Essen und am Westfälischen Landesmuseum in Münster. Seit 2008 lehrt er Kunstgeschichte an der Kunstakademie Münster, wo er 2012 eine Honorarprofessur erhielt. Er realisierte zahlreiche Ausstellungen und Publikationen zur Kunst vom Ende des 19. Jahrhunderts bis in die Gegenwart.
Foto: Veit Mette

Dr. Gaby Hartel lebt als Kuratorin und Autorin in Berlin. Sie arbeitet als Lehrbeauftragte der Kunstuniversität Linz zu den Themenfeldern zeitgenössische Kunst, akustisches Schreiben und Radiokunst.
Foto: Werner Linster

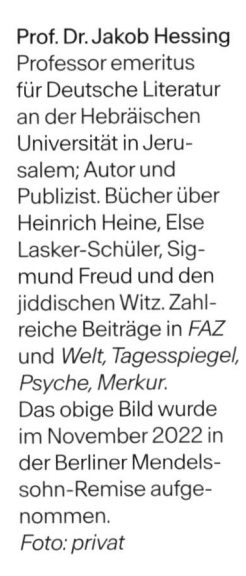

Prof. Dr. Jakob Hessing Professor emeritus für Deutsche Literatur an der Hebräischen Universität in Jerusalem; Autor und Publizist. Bücher über Heinrich Heine, Else Lasker-Schüler, Sigmund Freud und den jiddischen Witz. Zahlreiche Beiträge in *FAZ* und *Welt, Tagesspiegel, Psyche, Merkur*.
Das obige Bild wurde im November 2022 in der Berliner Mendelssohn-Remise aufgenommen.
Foto: privat

Dr. Thomas Hirsch kennt Ulrich Erben seit 2001. Er hat über ihn in Katalogen und Zeitschriften geschrieben und mit ihm zusammen Ausstellungen konzipiert. Er lebt als Kunsthistoriker in Düsseldorf, ist Mitglied der AICA und leitet die Herbert-Weisenburger-Stiftung in Rastatt. Er war für etliche Museen als Gastkurator tätig und hat zuletzt Bücher zu Heike Kati Barath, Ulrich Meister und Tim Scott veröffentlicht.
Foto: Axel Bell

Sema Kouschkerian hat Germanistik, Romanistik und Erziehungswissenschaften studiert. Sie gehört dem Leitungsteam an der Studierendenakademie der Heinrich-Heine-Universität an und ist Dozentin für Journalismus und Medienkunde. Sie war mehr als 20 Jahre lang als Redakteurin in Düsseldorf tätig. Heute schreibt sie als freie Autorin für die *Rheinische Post* und wirkt bei einer Diskussionsreihe in Mannheim mit, die sich mit Fragen zur Demokratie beschäftigt.
Foto: privat

Dr. Dorothee Krings wurde 1973 in Mönchengladbach geboren und ist Redakteurin im Ressort Politik/Meinung der *Rheinischen Post*. Sie hat in Dortmund und Bochum Journalistik und Theaterwissen-schaft studiert und eine Doktorarbeit über Theodor Fontane als Journalist geschrieben. Als Lektorin der Robert-Bosch-Stiftung hat sie ein Jahr in Polen gelebt, als Jesuit Volunteer drei Monate in Indien gearbeitet. Außerdem ist sie ausgebildete Goldschmiedin.
Foto: privat

Die Autorinnen und Autoren

Heinz Liesbrock
geboren 1953 in Duisburg, ist ein deutscher Kunsthistoriker, Kurator und ehemaliger Museumsdirektor.
Liesbrock schloss sein Studium der Amerikanistik, Germanistik und Kunstgeschichte in Bochum, Swansea und Washington mit einer Dissertation ab. Von 1992 bis 1999 war Liesbrock Leiter des Westfälischen Kunstvereins in Münster.. Weitere Stationen waren das Sprengel Museum in Hannover, das Museumszentrums Quadrat in Bottrop mit Josef-Albers Museum.
Foto: Tomczek

Jens Prüss
geboren 1954 in Rottweil am Neckar, studierte Germanistik und Philosophie in Düsseldorf. Arbeitet als Autor und Journalist. War Hörspiellektor beim WDR und Literaturredakteur der Zeitschrift neues *rheinland*. Machte Hörfeature und Dokumentarfilme. Zahlreiche Bücher, Libretti, Theaterstücke, Hörspiele, Kabarett-Texte. Glossen in der Wochenzeitung *Die Zeit* und der *Süddeutschen Zeitung*. Seit über drei Jahrzehnten ist er Ingrid Bachér und Ulrich Erben freundschaftlich verbunden.
Foto: Edel

Dr. Lothar Schröder
geboren 1963, leitet das Kulturressort der *Rheinischen Post*. Er studierte Germanistik, Geschichte, Politische Wissenschaften sowie Philosophie und wurde promoviert mit einer Arbeit über das Gesamtwerk des Schriftstellers Albert Vigoleis Thelen. Neben weiteren Buchpublikationen etwa zu Dieter Forte, Kinder- und Jugendliteratur, Peter Sloterdijk, Berliner Republik und Düsseldorfer Zeitungsgeschichte ist er auch in verschiedenen Jurys tätig – u. a. zum Deutschen Buchpreis 2017.
Foto: RP

Dr. Enno Stahl
geboren 1962, wiss. Mitarbeiter im Heinrich-Heine-Institut Düsseldorf, (kultur)journalistische Arbeit für Printmedien und Radio, u.a. DLF; seit 1985 als Autor tätig; Bücher zuletzt: *Realismus und Engagement* (Papyrossa, 2022), *Diskursdisko. Über Literatur und Gesellschaft* (2020) sowie die Romane *Sanierungsgebiete* (2019), *Spätkirmes* (2017), *Winkler, Werber* (2012, alle Verbrecher Verlag), außerdem erschien 2019 *Die Sprache der Neuen Rechten* im Alfred Kröner Verlag.
Foto: Kirsten Adamek

Layout/Fotografie

Jörg Sundermeier
1970 in Gütersloh geboren, lebt in Berlin, wo er mit Kristine Listau den Verbrecher Verlag betreibt. Er gab zahlreiche Bücher heraus und schrieb die Bücher *Der letzte linke Student* (2004), *Der letzte linke Student kämpft weiter* (2010), *Heimatkunde Ostwestfalen* (2010), *Die Sonnenallee* (2016) und *11 Berliner Friedhöfe, die man gesehen haben muss, bevor man stirbt* (2017).
Copyright:
Nane Diehl

Martin Willems B.A. geboren 1984, arbeitet seit 2007 im Archiv des Heinrich-Heine-Instituts. Studium der Archivwissenschaften an der FH Potsdam mit einer Arbeit zur Geschichte des Literaturarchivs. Darüber hinaus journalistische Beiträge für *Deutschlandfunk Kultur, Text+Kritik, Rolling Stone, taz, junge Welt* und *konkret*; zuletzt herausgegeben: Wolfgang Welt: *Die Pannschüppe und andere Geschichten* und *Literaturkritiken* sowie *Kein Schlaf bis Hammersmith und andere Musiktexte* (beide im Verlag Andreas Reiffer).
Foto: privat

Ralf Brög
lebt als Bildender Künstler in Düsseldorf. Er ist Senior Lecturer (Fine Art) an der an der University of Sunderland, außerdem Initiator und künstlerischer Leiter diverserer Ausstellungsformate (*SITEmagazine, 3ModellRäume*).
Foto: Michael Daglish

Alexander Vejnovic
ist ein Fotograf mit Sitz in Düsseldorf, der sich auf die Kunst der Portraitfotografie spezialisiert hat. Mit seiner langjährigen Erfahrung und seinem künstlerischen Ansatz hat er sich einen Namen in seiner Branche gemacht. Seine Arbeiten werden von prominenten Persönlichkeiten aus Politik, Kunst, Musik und Film hoch geschätzt.
https://das-fotostudio-duesseldorf.de
Copyright: Elisabeth Brockmann

Und übrigens ...

stand Ulrich Erben im Herbst 2021 zur Eröffnung einer Ausstellung bei Sies + Höke, ganz gelöst, gemeinsam mit seiner Frau Ingrid Bachér, im ersten Raum der Düsseldorfer Galerie. Ein gemeinsamer Bekannter aus Münster stellte mich dem Paar vor. Freundliches, höfliches Nicken. Erben war lange Zeit Professor an der Kunstakademie Münster, er kannte mich. Ingrid Bachér wiederum hatte erst kürzlich einen eindringlichen Beitrag („Erzählen, um zu überleben") für das Erinnerungsbuch über Dieter Forte beigesteuert. Endlich lernte ich die Schriftstellerin persönlich kennen. Also erwähnte ich ihren Text, der das Buch quasi eröffnete. „Ein tolles Buch, wunderbar", so die Reaktion der beiden. Ingrid Bachér lobte die Qualität der Autorenbeiträge und der dokumentierten Forteschen Originaltexte, darunter auch Unveröffentlichtes. Erschienen war der Band 2020, nicht lange nach Fortes Tod in Basel. Beide, Bachér und Erben, bekannten sogleich, begeisterte Leser von Forte zu sein, einem geborenen Düsseldorfer wie Ulrich Erben selbst auch. So ergab sich ein wunderbarer erster Kontakt, bevor beide im enger werdenden Raum von Besuchern und Sammlern vollends in Beschlag genommen wurden.

Nach einigen Mails und Telefonaten kam es dann im folgenden Sommer im Atelier Erbens mit schon involvierten Kulturjournalisten zu einer ersten längeren Gesprächsrunde. Still und leise begleitete uns die ganze Zeit über der Fotograf Alexander Vejnovic. Zwei seiner Aufnahmen finden Sie in diesem Buch. Es wurde ein anregendes Gespräch mit Kaffee und Kuchen und auch einigem Branchengeflüster. Im Ergebnis dieser Runde fanden wir bald den Mut zu diesem Buch-Projekt.

Über Ihr Leben und Werk gehen die weiten Blicke der Literatin und des Malers. Beide renommiert, mit ausgewiesenem Werk. Phasenweise auch etwas verborgen. Da wuchs schließlich noch eine Familie heran. Wohnorte waren und sind Düsseldorf, der Niederrhein und Italien, wo sich beide in den frühen 1960er Jahren kennengelernt haben und bald auch heirateten. Ohne den großen Einsatz und die enorme Geduld der beiden Protagonisten wäre dieses Lesebuch, wie es nun vorliegt, nicht zustande gekommen.

Die Wege zum Leser finden wir nun gemeinsam mit unserem neuen Verlagspartner, dem bekannten Berliner Verbrecher Verlag. Wie auch immer der Name 1993/94 entstanden ist – schon bald begann eine engagierte Aufbau-Arbeit der Gründer Werner Labisch und Jörg Sundermeier. Letzterer ist nach wie vor an Bord, seit 2014 gemeinsam mit Kristine Listau. So wächst ein respektabler, mit Preisen dekorierter Kultur-Verlag heran. Selbst die Verkaufszahlen rauschen mitunter in beachtliche Höhen.

Wir freuen uns alle auf die Zusammenarbeit.

Karl Heinz Bonny
Herausgeber
Düsseldorf, im Oktober 2023

Impressum

Verbrecher Verlag, Berlin
Bonny Edition

Herausgeber
Karl Heinz Bonny
© 2023 Düsseldorf

Konzeptionelle Mitarbeit
Jens Prüss, Dr. Olaf Cless, Dr. Enno Stahl

Text-Lektorat
Dr. Olaf Cless

Korrektur
Dr. Annegret Hansch

Gestaltung
Ralf Brög

Satz/RZ/Bildbearbeitung
Jan van der Most, Düsseldorf

Werkarchiv Ulrich Erben
Wolfgang Foerster

Fotonachweis
Gerald von Foris, München (S. 123), Annegret Gossens, Uedem (S. 30, 33, 34, 37, 51), LWL-MKuK / Hanna Neander, Münster (S. 48), Monika König (S. 120), Henning Krause, Köln (S. 42, 54, 56, 57), Achim Kukulies, Düsseldorf (S. 58), Tino Kukulies, Düsseldorf (S. 61), Joachim Schulz, Berlin (S. 38, 45, 68), Gabriele Seifert, Berlin (S. 108, 125), Alexander Vejnovic, Düsseldorf (S. 22, 23), Lothar Wolleh (S. 64), Simon Vogel, Köln (S. 4, 5)

Titelfoto
Ulrich Erben
(das Bild zeigt den Schatten des Paares auf der Hauswand gegenüber dem Atelier, Düsseldorf)

Titelheadline
Ingrid Bachér

Umschlaggestaltung
Benjamin Erben

Autorinnen und Autoren
Seite 130–133

Schriften
Antarctica & Atacama

Herstellung
PIEREG Druckcenter Berlin GmbH

Kontakt
kbonny@gmx.de

ISBN
978-3-95732-576-1

Der Druck wurde freundlicherweise ermöglicht durch die Stiftung van Meeteren und Dr. Lutz Aengevelt.

Bisher erschienen

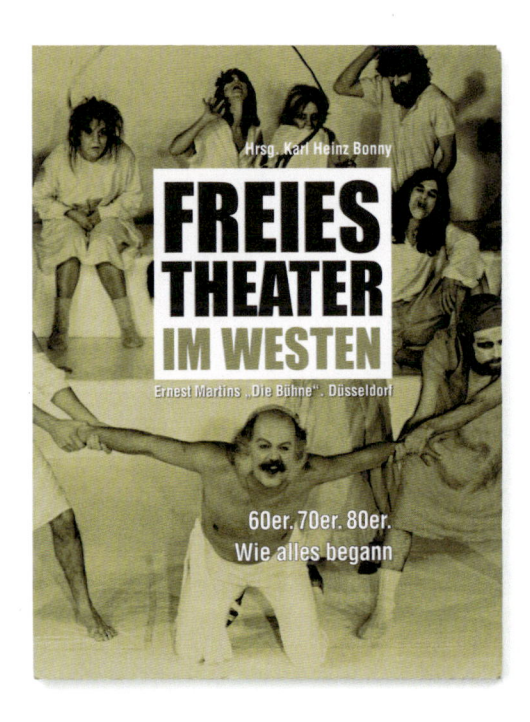

Erschienen im November 2018
160 Seiten
ISBN: 978-3-7528-3547-2
22 €

Erschienen im April 2020
160 Seiten
ISBN: 978-3-7504-9274-5
18,80 €